槐香古道

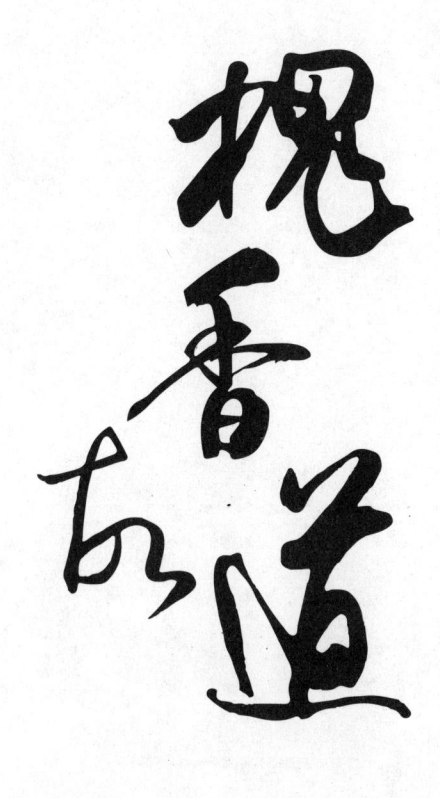

◎ 王文明 著

中国文联出版社
http://www.clapnet.cn

自 序

1989年6月,在为全班同学编印的《毕业纪念册》个人页面愿望一栏中,我写道:出版个人诗集。

今天,这个愿望终于得以实现,但此间已近二十八年之久。是欣慰?是无奈?我还真说不清楚。

对于诗词的喜爱,还缘于上小学时背诵课文中"床前明月光,疑是地上霜,举头望明月,低头思故乡"开始。那一千多年前古人写下的诗句,背诵起来竟是那样朗朗上口,百咏不厌。那是诗的神殿在我面前始露的小小一角,是诗的圣光在我心中的第一次闪烁。

随后,我便在诗的海洋中徜徉。开始仅是在吟诵中欣赏那长长短短的语言美和平平仄仄的韵律美,而后渐渐坚信,诗,是真性的呼唤,是心灵的咏叹,正如唐代大诗人白居易所说:大凡人之感于事,则必动于情,然后兴于嗟叹,发于吟咏,而形于歌诗矣。

是的,每个诗者,都是以言于形,以情入魂,在人生的天地中,吟诵出属于各自的一片春绿秋红、朝霞暮光;一片忧丝愁絮、国恨家仇;一片田歌牧曲、云淡风轻。读着诗人的诗词,进入诗人的世界,抚慰诗人的忧伤,感受诗人的情怀,无论时光多么遥远,我仿佛就在诗人的身边,和他(她)同浅唱,与他(她)共低吟。

于是,魂牵古关故道的悠悠乡愁,梦萦槐花馥郁的念念风情,我不时地采撷一掬春露夏雨、一捧秋霜冬雪,融化为一泓深深的清潭,养润我的故乡恋愁、爱国情怀,滋润我的亲思友念、春花秋月,津润我的

山水之感、人生之悟……

　　诗，仍在写，写得断断续续，写得零零落落，但却写得真诚，写得坦然。我知道，我终究成不了诗人，因为我缺少诗人的天赋、诗人的素养、诗人的勤奋。对我来说，写诗，就是一种雅致的生活情趣，一种简约的生活方式，一种发现美、感悟美的生活心境，一种用诗化的语言来记录我在这个世界上所见所闻、所悲所喜、所感所悟、所爱所憎的情怀。在这里，我远离一些尘嚣与喧闹，摈弃一些空虚与浅薄，更趋于内心的宁静、思想的充实和生命的纯清。

　　正如我在古关故道组诗中所注述的那样，我的家乡面朝废黄河，背倚云梯关。据记载："宋元以前，关当淮河之口，以后沙土东涨，有土套十余，形若云梯，故名云梯关。"

　　云梯关，我国最早的海关之一，它南锁黄河，东视黄海，是唐至清一千多年间历代海防重镇、交通要道、险要河防、宗教圣地和商贸集散地，因此有"东南沿海第一关"的美誉。唐杜甫《后出塞》诗中"浮云连海岱，平野入青徐""云帆转辽海，粳稻来东吴"，写的就是当年云梯关航运的盛况。随后几百年，在此也留下了包括清朝著名文学家、思想家龚自珍等许多名人的诗词和楹联。明初在此设大河卫，筑土城五座，屯兵驻防，以禁倭寇侵扰。明嘉靖三十四年（1555年）和三十六年（1557年），倭寇曾两次入侵云梯关，均被当地军民击败。云梯关是我国还未发现第二个像这样集多功能于一体的古关遗址。

　　清咸丰五年六月（1855年8月），黄河在今河南兰考再次决口，分手淮河，徒然留下一道八百公里长的废黄河——弯弯曲曲，悠悠流淌。当年黄河两岸百姓曾为固堤防沙，遍栽刺槐，绿荫千里。当滔滔黄河变成纤纤故道后，这一传统仍得到了较好的继承，使得废黄河两岸槐林，像两列忠勇的卫士，守护着一条清澈的河水，守护着栖水而住的两岸村庄。当春回大地，岸林泛绿，十里村庄，碧荫掩映；槐开时节，两岸卷雪，蜂舞花间，香飘万野；秋风劲吹，满树披金，落叶飘飞，一地金黄。

  目前，依据古关故道规划兴建投资总额高达几十亿元的古云梯关旅游景区，将在不久全部建成。届时，将成为江苏省重点、盐城市核心的旅游景区。也因此，我的故土将面临千年以来继沧海桑田后又一次翻天覆地的变化。而生于斯、长于斯的我，将永远失去那不算美丽但却魂牵梦萦的心灵的皈依。

  景区建成后，当我再踏上这片土地时，是匆匆的游客，还是回家的游子？到哪里去寻找曾经温暖宁静的家园和纷繁馥郁的槐香？我还能对我的后人说些什么？还是望着游人如织的新景惆怅茫然地告诉他们，在这方土地上，一个乡子曾经度过一段清贫但却快乐的童年和少年的时光？

  之所以将分有八辑的诗集取名为《槐香故道》，不缘于故乡情在集子里的分量，而由于也生长在这方故土的父母给予了我的生命，这方的水土哺育了我的成长，这里的纯朴铸就了我的真诚，这里的风雨孕育了我的坚强，这里的善良浸透了我的骨髓，这里的槐香注入了我的诗行。是这方曾经昂起过黄河之魂的故土，近一千年来，教会这里子子孙孙传承着黄河人宽广的胸怀，怀拥着人间的大爱——乡情、亲情、友情、爱情、祖国情、山水情——一切情之所归。

  一年多来，在忙碌的工作之余尽可能地利用有限的时间，翻阅笔记中写下的一诗一词，寻找书本里夹存的零阕散片，终于完成了对1980年以来大部分习作的收集、整理和选取，集成了我正式出版的第一本诗集——《槐香故道》。而集子中所选诗词除极少数几首仅作必要的修改外，绝大部分仍保留着原始的文字。因为我写诗的三十六年，正是中国乃至这个世界发生巨大社会变革的三十六年，也是我走过青年并走进中年的三十六年，虽然我的拙笔远不足以描摹这段风云激荡的岁月，却也在字里行间或多或少地铭刻一点时代的印记，记录一些人生的认知，反映一个生命意识表现的价值取向。对这些诗词原封不动地予以保留，也正是"用诗化的语言来记录我在这个世界上所见所闻、所悲所喜、所感所悟、所爱所憎"的本意所在，也是拙集值得我自爱的根本所在。

仅以此集献给生我养我的槐香故道。
献给埋藏世代先人而即将拆迁的家园。
献给将要重获新生却不再属于我的故土。

目 录

友情篇——人生若只如初见

七言律诗　友　别 …………………………………… 003
七言律诗　送余杭学姐 ……………………………… 004
七言律诗　送大庸学兄 ……………………………… 005
七言律诗　送杭州学妹 ……………………………… 006
七言律诗　毕业晚会 ………………………………… 007
七言律诗　悼立秋友 ………………………………… 008

采桑子　毕业首聚 …………………………………… 009
水调歌头　相聚欢 …………………………………… 010
蝶恋花　回母校 ……………………………………… 012
菩萨蛮　码头怀旧 …………………………………… 013
菩萨蛮　骆马湖乾隆行宫同学游 …………………… 014

晨读 …………………………………………………… 015
我期待 ………………………………………………… 016
大海啊，请为我们作证 ……………………………… 018
四月的记忆 …………………………………………… 020
最后的挥手 …………………………………………… 022
今天，我在送行 ……………………………………… 024
四月之聚 ……………………………………………… 028

兑现的承诺 …………………………………………… 030
　　永远的守望 …………………………………………… 033
　　我要告诉你 …………………………………………… 035

乡情篇——梦里云归何处寻

　　五言律诗　春来春去 …………………………………… 039
　　五言律诗　早渡 ………………………………………… 040
　　七言绝句　春回故道 …………………………………… 041
　　七言律诗　中秋 ………………………………………… 042
　　七言律诗　端午 ………………………………………… 043
　　七言律诗　清明 ………………………………………… 045
　　七言律诗　乡村行 ……………………………………… 046
　　七言律诗　过年 ………………………………………… 047
　　七言律诗　古关故道 …………………………………… 048
　　七言律诗　和朱将军《灌河情》 ……………………… 054
　　如梦令　洋槐花开 ……………………………………… 056
　　如梦令　又闻蝉鸣 ……………………………………… 057
　　齐天乐　中　秋 ………………………………………… 059
　　根 ………………………………………………………… 061
　　故乡的梦 ………………………………………………… 063
　　故乡的记忆 ……………………………………………… 065
　　我想回家 ………………………………………………… 069
　　乡情四曲 ………………………………………………… 071

亲情篇——当时只道是寻常

　　五言律诗　姐姐 ………………………………………… 079
　　五言排律　生儿 ………………………………………… 080
　　七言律诗　小小少年 …………………………………… 082

七言律诗	月夜思	083
七言绝句	儿趣	084
七言律诗	思母	086
四言诗	祭母文	087
七言律诗	致儿二十岁生日	089
七言绝句	儿遇小贼	090
七言排律	悼岳母	091
七言律诗	为母迁墓立碑	092
五言律诗	亲情感赋	094
七言律诗	过新年	095
七言律诗	儿初驾远行	096

| 献天寿令 | 祝父八十寿辰 | 097 |
| 水调歌头 | 送子上大学 | 098 |

写在儿子周岁生日 …… 100
天之大 …… 102
深切的思念 …… 104
心的感动 …… 106

爱情篇——比翼连枝当日愿

七言律诗	凄美西湖情	111
菩萨蛮	送别	113
青玉案	雁南归	114
行香子	残更	115
钗头凤	遣离愁	116
虞美人	玫瑰	118
蝶恋花	玫瑰花开	119
一剪梅	玫瑰十年香	120
浣溪沙	感事	121

| 临江仙　玫香二十年 | 122 |
| 临江仙　致妻五十岁生日 | 123 |

烛	124
有那么一个夜晚	125
呼唤	127
重逢	128
远去的云	129
另一个结局	130
弯弯的月亮	131
四月	132
未写下的留言	134
雨后	135
春夜思	136
月儿	137
无答的结果	139
寄南方	141
又是四月	143

祖国篇——巍巍华夏普照天

七言律诗　国庆五十周年	147
七言排律　新四军重建军部	148
七言律诗　小萝卜头	149
七言律诗　神五飞天	150
四言诗　悼念周恩来总理	151
七言律诗　嫦娥奔月	154
七言排律　国之祭	155
五言律诗　英雄回家	157
七言排律　南海军演	158

七言绝句　"天宫"回天	159
水调歌头　犹唱东方红	160
满江红　魂兮归来	162
水调歌头　国庆六十五周年	164
西江月　东北抗日联军	166
满江红　太行山上	170
满江红　黄河在咆哮	172
念奴娇　东方主战场	174
念奴娇　九·三大阅兵	176
菩萨蛮　最后一战	178
水调歌头　建党九十五周年	179
祝福祖国	181
四月归魂	183
民族之魂	185
不屈的中国	190
妈妈，我已走在去天堂的路上	194
点燃圣火	199
圆明园	203
黄河魂	206
飘逝的橙色红	208

山水篇——浩浩江海山绵连

七言律诗　燕子	215
七言律诗　仲夏踏苏堤	216
七言律诗　韩国游	217
五言律诗　登黄鹤楼	219
七言排律　游武汉东湖	220
五言排律　燕子矶登高	221

七言排律	游嘉陵江	222
七言排律	游都江堰	223
七言排律	观大足石刻	224
七言律诗	阴霾	225
五言排律	再登长城	226
七言排律	重游普陀山	227
七言律诗	梅山水库	228
七言律诗	杨花恼	229
五言排律	观喜鹊筑巢	230

梦江南	甬城游吟	231
渔家傲	雁殇	233
清平乐	山路行	234
浪淘沙	雾霾	235
鹧鸪天	山水天堂寨	236

瓢城的传说 ………… 238

双髻峰的雾 ………… 239

露珠 ………… 240

小城 ………… 241

夏蝉 ………… 243

周末的远行 ………… 244

朝觐三青山 ………… 247

读书篇——千年风云一纸藏

七言绝句	为友题画	251
七言排诗	读《水浒传》	253
七言排律	重读《红楼梦》	254
七言律诗	读《岛之泗渡》	255
七言律诗	看《等着我》	256

| 七言律诗　读从林诗词选 | 257 |
| 七言律诗　魂兮慰兮 | 258 |

念奴娇　再读《西游记》	259
忆秦娥　读《屈原》	261
念奴娇　读《三国演义》	264
念奴娇　读《三峡》	266
菩萨蛮　读《纳兰词》	268
水调歌头　看《大国崛起》	269
水调歌头　读《长征》	271
水调歌头　读《石油战争》	273
水调歌头　读毛泽东诗词	275
鹧鸪天　再读自编《流年光华》	277
沁园春　看《海棠依旧》	278

看《贝鲁特的孩子》	280
看《贝》	282
看《国情备忘录》	284
读《仓央嘉措》	288

思悟篇——心悟桑陌可耕田

五言律诗　高考落榜有感	295
七言律诗　小树初长	296
七言绝句　望月	297
七言绝句　小园偶得	298
五言排律　秋蝉	299
七言律诗　送春	300
七言律诗　千禧年感怀	301
七言律诗　元旦感怀	302
七言律诗　感怀	303

五言排律　天河验工 …… 304

七言律诗　人到中年 …… 305

七言律诗　闻准大学生受骗离世感赋 …… 306

七言律诗　无题 …… 307

卜算子　折梅插篱 …… 308

忆王孙　无题 …… 309

遗忘的梦 …… 311

梦 …… 312

星 …… 313

别离南屋 …… 314

小胡同 …… 315

落叶 …… 317

太阳 …… 318

残阳 …… 319

怜水仙 …… 320

岸 …… 321

启航 …… 322

弦窗 …… 323

致捕者 …… 324

帆逝 …… 325

归 …… 326

帆 …… 327

碎筝 …… 328

自白 …… 329

关于人类的断想 …… 331

友情篇

——人生若只如初见

一九七七年六月　苏北故乡云梯关

七言律诗

友 别

1984年11月6日

落叶飘零风起凉,
未约如见路杨旁。
一联挂历辞意厚,
三载时光留谊长。
灌水东流归大海,
客籍南去是家乡。
从今雁阵飞秋过,
每请相捎诗几行。

七言律诗

送余杭学姐

1987 年 7 月 12 日

又见信风漫校墙，
离歌几唱几心茫。
青山依旧溪水远，
紫燕如斯乡路翔。
昨日书声连一院，
明天问候暖双江。
再描云锦寄别意，
不是同窗胜同窗。

七言律诗

送大庸学兄

1988年5月18日

风吹柳絮碎春蕤，

船上岸边双泪飞。

海鸟有情围岸送，

"南湖"① 无意振笛催。

报刊抒志同编印，

酒醋醉心齐干杯。

怀瑾握瑜德载物，

"路在脚下"② 与君随。

①南湖，指当年往返于上海至舟山定海的南湖号客轮。
②路在脚下，学长临别赠书上写有"路在脚下"勉励语。

七言律诗

送杭州学妹

1988年5月20日

邻巢新燕已丰翼,
振翅翩翩欲起程。
同院同檐共风雨,
是朋是友亦尊崇。
今别将距千山远,
再念犹隔万水泓。
此盼如约更逢早,
白苏堤岸觅春踪。

七言律诗

毕业晚会

1989 年 4 月 26 日

晚会幕帷还未启，
离愁别绪已弥洄。
诵诗一首一泪洒，
歌曲几声几泣随。
松立高山能眺远，
水流大海见弘恢。
二十年后重相聚，
喜看成功捷报飞。

七言律诗

悼立秋友

2015 年 4 月 27 日

惊晓秋兄因病逝,
悲歌千里慰魂安。
浪激技浅生一怯,
师勉群帮克万难。
几次应邀赴聚会,
满腔期盼候湘潭。
悠悠驾鹤云游远,
众友如约谁捧箪?

采桑子

毕业首聚

2009 年 10 月 3 日

二十年后重相聚，
承诺不违！
胜事欣随，
国庆一轮甲子回。

七千三百巡天日，
谁敢忘谁？
美酒盈杯，
莫让今宵不醉归。

水调歌头

相聚欢

2013 年 5 月 10 日

  第二届同学会在杭举办，并邀一别二十多年在杭老师及部分杭籍校友一同欢聚。师生校友同堂，春风满面，其乐融融；举杯共庆，杯杯释怀；欢声笑语，阵阵如潮……

> 钱江春潮起，
> 华堂已喧阗。
> 相逢一笑，
> 不疑此刻是当年。
> 纵有千言万语，
> 又可倾吐几许？
> 一拥胜千言！
> 满满堂中座，
> 漫漫缱风煖。
>
> 将进酒，
> 心已醉，
> 老歌旋。
> 风华岁月，

化作虹雨共春妍。
淡看鬓丝几雪，
笑诵秋风半阕，
风劲再扬帆。
杯满频高举，
诗兴更无前。

蝶恋花

回母校

2013 年 5 月 12 日

  惊闻母校即将拆迁，全班同学齐聚舟山，寻访离别二十五年的母校，也以此作最后的叩拜和告别……

    正是莺飞桔柚小，
    怎敢听得，
    到处欢声绕。
    笑语当年戏年少，
    校园上下难寻找。

    堂满热情春意闹，
    美酒千杯，
    不醉仍觉少。
    老校那如新校好，
    心怀旧意何从了？

菩萨蛮

码头怀旧

2013 年 5 月 14 日

  同学会后,蒙师挽留,昨晚在码头岸船酒店与几位老师小聚。在这码头,当年几度送别校友和同学。面对大海,晚风习习,灯火万盏,随波远去。此情此景,不胜感慨,一杯杨梅,竟然大醉……

  岸船酒肆虹璀玮,
  埠湾水面春风薇。
  海鸟恋群飞,
  "南湖"不再归。

  当年别友处,
  恍见人方渡。
  来客醉杨梅[①],
  泪流可为谁?

---

  ①杨梅,指近年来舟山当地酿制的杨梅酒。

菩萨蛮

骆马湖乾隆行宫同学游

2016 年 5 月 2 日

　　受邀与几位同学驱车几百里赴宿迁小聚，同学一行泛舟骆马湖水，凭望大运河波，游览乾隆行宫，聆听古今传说。喝地产美酒，品湖中活鲜，来来去去，杯杯盏盏。酒酣之中，追忆往昔，感慨万千……

碧波骆马春风煦，
行宫老树犹无语。
三百四十年，
经天几月圆？

何须春顾藉，
笑望飞丝雪。
频盏酒酣兴，
波涛已万重。

晨 读

1985年4月8日

鸽哨晨响,
春开绿窗,
萋萋野草十里芳。

清晨早读,
相遇路旁,
却带着巧,
带着盼,
带着望。

天光夜月,
信守如常,
愿共欢娱,
共哀愁,
共清狂。

我期待

1986 年 6 月 3 日

我期待,
有一种微笑,
像和煦的春风,
抚慰寂寂的忧伤;
有一帘目光,
像皎洁的明月,
照亮前行的方向。

我期待,
有一片细语,
像欢快的百灵,
在每个清晨歌唱;
有一腔祝福,
像知时的春雨,
滋养梦想去远航。

我期待,

有一双手掌，
像温暖的鸟巢，
等候游子的栖落；
有一弯臂膀，
挽起另一弯臂膀，
架起友谊的桥梁。

我期待，
有一行泪水，
融化另一行泪水，
浇灌爱情的苗床；
有一串脚印，
伴着另一串脚印，
成为永恒的诗行。

大海啊，请为我们作证

1986 年 9 月 30 日

  国庆到来之际，学校分批组织了新生赴普陀山旅游。今晚，同来的几班同学在百步沙上燃起了堆堆篝火。此时，海风习习，波涛阵阵，篝火熊熊，同学们欢声笑语，载歌载舞，用满腔的激情抒发对伟大祖国的热爱和对祖国生日的美好祝福。此情此景，诗兴顿发，捉笔借火，即成此诗。

当太阳弹奏起七弦彩琴，
当万物从睡梦中重新苏醒。
我们手挽着手来到大海边，
我们欣喜，我们欢跃，
我们是鸟，一群欢腾的鸟！

我们由祖国各地飞来，
我们由东西南北聚集。
我们要飞越贫穷飞越愚昧，
飞到知识海洋的彼岸，
衔来一口口智慧的沃土，
把祖国的宏伟大厦建设。

我们服从共青团旗的招引，
在五星周围精诚地团结。
我们登山，
将我们的毅力锻炼；
我们游泳，
使我们的意志坚强不屈；
我们踏沙，
从沙的聚集中得到启迪；
我们放飞，
让我们的思想充满新的血液。

明天，我们将告别游览地。
如果，二十年后再相会，
我们将无愧于这块土地，
无愧于这个奋飞的时代。
大海啊，请为我们作证！

四月的记忆

1989年4月22日

　　走过一段多彩的卵石滩，
　　我们投入一片自由的薇蓝。
　　历史的长廊，
　　重又悬挂起泛起鹅黄的语丝。

　　也许，我们曾
　　将目光兜售给初秋三叶草上的冷霜，
　　将微笑冻结在冬季屋檐下的冰凌。
　　而消融后的霜冰啊，
　　使三叶草更加鲜嫩清新。

　　也许，我们曾
　　将手心叠合手心，
　　孕育隔岸星星思绪重逢的虹桥。
　　将记忆复印记忆，
　　珍藏南国风中一年一度的燕呢。
　　而柔柔的五月风啊，

已将这一切在心中裹得——
很紧,很紧。

一缕中秋节萦绕于明月边的薄雾呵,
一捧重阳节流淌在红叶上的黄昏。

现在,我们已学会了
重新寻找——
寻找不再寻找的一切而不再失落,
庆幸不再庆幸的一切而不再遗憾。

最后的挥手

1989 年 4 月 27 日

以曾经的姿势,
校车等候在校园门口。
三年前,一车车接来,
今天,又一趟趟送走。

像季风喧腾竹林的自然,
送行依依,波似水流;
像信风轰鸣浪涛的必然,
告别声声,泪如雨骤。

送行,是一季春,
让人梦沉乍醒,情深意厚;
告别,是一季秋,
叫人雁唳黄昏,星映北斗。

不再是来时轻松的模样,
只因负载了离别的忧愁;

不再似放假的释然，
只缘此去不再回头。

透过迷离的春风，
再向喧腾的校园凝眸——
教学楼仍旧青春伟岸，
操场上依然华年劲道。

还有那校园后的山坡上，
一片盛开的映山红，
正默默又急切地，
向我们作最后的挥手。

今天,我在送行

1989 年 4 月 27 日

下　午

晚会的离愁尚未散去,
最后的分别已经开始。
那往日的喧嚣,
隐没在空了的宿舍楼。

一株映山红,
开在昨天女生的窗台。
是被不经意地落下,
还是留给小学妹马上来拿走?

一件黑风衣,
孤独地飘在楼前的晒衣架。
是男生的粗心大意,
还是等待一场粉红的邂逅?

校车像只小船,

晃荡在仲春的风中。
那群叽叽喳喳的鸟儿，
已汇聚到码头等候。

谁的一声"保重！"
让多少泪眼蒙眬；
谁的一次拥抱，
引多少伸臂难收。

太阳渐渐西沉，
海鸥频频啾啁。
汽笛唱起离别的歌曲，
铁锚提起别离的闸口。

船刚离岸，
思念就飞入梦的方舟。
我心离岸，
何时回到空荡的心头？

晚　　上

晚上，与我的同伴，
为陆路同学作最后的饯行。
送他们登上晚班大巴，

踏上回归的旅程。

一天的相送,
一天的别离,
几多的拥抱,
几多的热泪。
伤了的心,
又重了几成。

同伴说,
离别是最疼的痛,
重逢是灵妙的药。
离别是最暗的路,
思念是指路的灯。

我说,
离别是最冷的夜,
离别是最暖的冷。
离别是最疼的伤,
离别是最美的疼。

因为,
从明天起,
我们心的深处,

都会荡起美丽温暖的双浆；

梦的天窗，

都将飞出悠悠思念的翅膀……

四月之聚

2004 年 4 月 16 日

寻梦西飞,
倾覆一个思念之堤。
黑色四月,
冷落佛国七月炽风。
山高水长,
鸽哨音绝。
心头,早被思念
塞得结结实实,
填得严严密密。

湘川两邀,
也可释怀。
十六年谷隐峰现,
十六年潮退浪涌;
十六年耀星残月,
十六年凡土尘风。
顷刻,都

漩流于嘉陵江的夜波里，
麻辣在巴东人的火锅中。

四月聚渝，
与时雨相逢，
也来得急不可耐，
也聚得沥沥浓浓。

兑现的承诺

2009 年 10 月 6 日

为了二十年前的一个约定,
我们踏上了急切的旅程。

再相见的一瞬,
从未感到一点点的陌生。
即使曾经年轻的脸上,
刻上二十年悠悠岁月的印痕。

不会忘记,
有缘同桌的你,
拥有的真诚,
留下多少美好的回味。

怎会忘记,
三年同室的你们,
不经意的点点滴滴,
串起彼此多少梦的甜美。

走出去，
领略武汉的名胜，
厚重的人文和历史，
令我们把友谊领会得更深。

坐下来，
再开一次热烈的班会，
商定再聚的议程，
把浓浓的友情永远地延伸。

认识一下，
我们幼小或年轻的后辈，
生命中珍贵的友情，
也许由此认识或许在心中生根。

再干一杯，
我们已不再流泪，
饮下今晚辞别的酒，
在以后的日子里慢慢地沉醉。

我们的相聚，
逢伟大祖国一个甲子的轮回。
我们的留影，

共中秋明月皓皓临空的壮美!

将我们相聚的欢笑,
留给苍松翠柏永远地见证。
让我们真诚的友情,
与千年古塔一起日月同辉!

永远的守望

2009 年 10 月 15 日

不再是,
依依惜别的叮咛。
二十年,
我们已演绎了
太多离别的忧伤。
不用说,
我不会把你遗忘。
二十年,
你一直在我心中
深深地珍藏。

今天的相聚,
真的很短很短。
明天的等待,
又将很长很长。
往后的日子里,
如果,你要思念我,

就听一听鸽哨的鸣响，
那悠扬的哨音，
是我祝福你深情的吟唱。
就望一望璀璨的夜空，
那闪烁的星星，
是我守望你，
永远不变的目光……

我要告诉你

2013 年 7 月 9 日

7月6日，受同学之邀，赴安徽金寨与失联二十多年的校友相聚。次日同游天堂寨后，作家女校友以"我要告诉你"一诗热情纪述。感于深情，也以一首同名小诗回赠。

  白云告诉蓝天，
  我不知你的高度，
  但我相信你的清纯。
  我要用一生的洁白，
  映衬你的微蓝。

  鸟儿告诉天空，
  我不知你的广阔，
  但我相信你的胸怀。
  我要用自由的飞翔，
  展示你的高远。

  小溪告诉海洋，
  我不知你的模样，

但我相信你的容纳。
我要用不息的追逐，
汇入你的浩瀚。

我要告诉你，
我不知你的思想，
但我相信你的善良。
我要用真诚的祝福，
架建友谊的桥梁。

蓝天是白云的故乡，
天空是鸟儿的天堂，
大海是小溪的归宿，
你，是我友谊的宝藏。

乡情篇

——梦里云归何处寻

一九八二年九月　江苏盐城盐阜人民商场

五言律诗

春来春去

1982 年 2 月 16 日 / 4 月 10 日

一

久盼北风去，常思冰面开。
雪飞寒二月，手捂暖双腮。
晨跑依新岸，鞋松倚老槐。
一株尖草露，惊见是春来。

二

春天来路远？归燕一声催。
梨舞盈盈雪，风来瑟瑟霏。
桃红新柳绿，水漾老鸭肥。
千野萋芳草，嬉童麦哨吹。

五言律诗

早 渡

1984 年 3 月 9 日

一

冬了风失凛,冰融河漫氤。
鸭鹅逐水戏,杨柳吐芽新。
云伴南来雁,梨白二月春。
老船摇古渡,迎送早行人。

二

轻云浮故道,归燕又啄泥。
疏影槐枝瘦,河滩嫩绿稀。
艄公独摆渡,过客共话题。
未了家乡事,船头已岸依。

七言绝句

春回故道

1985年4月1日

一

三月春风催柳芽,
春临三月见桃花。
桃花柳絮同蝶舞,
四月千桃卸粉纱。

二

黄河故道迎迁雁,
迁雁黄昏渚憩暇。
南路已离千里远,
再飞千里可为家?

七言律诗

中 秋

1988 年 9 月 25 日

婵娟出浴近空悬,
云幔轻拂照九天。
水复山重长路远,
清风飞雁桂香传。
三更学子几还梦,
一缕乡愁醉百年。
若比他乡今夜月,
故乡今月应更圆!

七言律诗

端 午

1992年6月5日 / 1998年6月18日 / 2000年6月6日

一

又临端午亦端阳,
百姓佳节百姓忙。
霓帔艾蒲熏楚韵,
珍珠翡翠蔚骚郎。
男强合练龙舟渡,
姑巧亲缝囊佩芳。
千岁古风千岁继,
古风岁岁在传扬。

二

端午鸡鸣虫躲藏,
孩童比彩对额王。
艾枝熏檐雏燕醉,
角黍飘空古俗芳。
千鼓齐击喧水岸,

万舟竞渡跃龙骧。
江河处处雅风荡，
不朽诗魂流韵长。

三

哀民生计几炎凉？
江畔行吟掩涕沧。
逐客远都遗宇恨，
坠身寒水殉国殇。
汨罗何必为家土，
听见《离骚》是故乡。
千古江河千古浪，
忠魂千古共天光。

七言律诗
清 明
2006年4月5日

清明未见雨帘开，
各路弥腾黄土埃。
车马辚辚寻墓去，
萧萧悲泪恸心哀。
今人已不插折柳，
旧冢更无栽种槐。
一日烟浓花似海，
几家常有子孙来？

七言律诗

乡村行

2007 年 5 月 18 日

好友相约访旧朋，
三车三色倚村行。
夜降春雨秧苗矮，
晨荡轻风麦浪平。
青涩幼桃藏翠绿，
黄熟甜杏点金橙。
万空洗尽白云远，
人醉蛙声阵阵鸣。

七言律诗

过 年

2008年2月6日

爆竹声中冬辞走,
烟火缤纷春笑妍。
三百六十五日去,
一年一岁一夕添。
幼杨栽院梦新绿,
游子归家寻旧鸢。
岁岁年年总相似,
乡愁千古是团圆。

槐香故道
Huai Xiang Gu Dao

七言律诗

古关故道

1989 年 11 月 9 日至 2016 年 5 月 22 日

清咸丰五年六月（1855 年 8 月），黄河决口于河南兰阳（今河南兰考），从此分手淮河，决然北上。流淌了六百多年的古淮，河水断流，河道空空；延绵了八百公里的大河，堤岸为迹，躯壳长长，仅留下一个失魂落魄的名字——废黄河。

云梯关，古淮河入海口，黄河夺淮以后成为黄河入海口，清嘉庆十五年（1810 年）设关。云梯关是中国历史上最早的海关之一，它南锁黄河，东视黄海，是唐至清一千多年间历代海防重镇、交通要道、险要河防、宗教圣地和商贸集散地，有"东南沿海第一关""江淮平原第一关"的美誉。但由于黄河挟泥带沙均由此入海，至黄河归北时，海岸东离云梯关已近百五十华里，清中叶不再置军戍守而仅存"云梯关"之名。云梯关内曾有乾隆皇帝亲题"利导东渐"、嘉庆皇帝亲题"朝宗普庆"、道光皇帝御书"海神庙"、钦差题写"古云梯关"。到二十世纪三十年代末，云梯关仅存望海楼等少量古迹，到 1943 年日寇侵占时，殿宇楼阁及银杏树等全部被毁，只剩"古云梯关"石碑及部分石刻、石雕等古迹。

1987 年起，当地政府在原址先后复建了禹王寺、望海楼、大雄宝殿、山门、护碑亭等主体工程。2015 年 8 月 27 日，《云梯关旅游景区总体规划》经省内专家评议并获原则通过。2016 年 5 月 16 日，国家旅游局公布了《2016 年全国优选旅游项目名录》，在遴选出的 747 个旅游项目中，古云梯关旅游景区名列其中。由此，云梯关景区建设即将拉开帷幕，一个依托古关故道、展现"东方沧海桑田，华夏云梯古关"、拥有生态内涵和文化底蕴的绿色旅游景区的美好蓝图也即将成为现实。

洪武赶散，祖辈迁此，繁衍不止，生生不息。吾辈生于斯，长于斯，多年以来，几吟成律，以此集组，仅以为纪。

一

黄河归北离千里，
白浪滔天挡不回。
漕底为痕独困蟒，
岸堤成垩两僵虺。
渚滩无水尘沙起，
皋域有民故土违。
碱覆寒霜寒更胜，
雁群过此忍饥飞。

二

风雷激荡地天翻，
淮患不降决不甘。
堤固河疏联几段，
阡连陌累绿双滩。
船行万水帆当劲，
蜜采百花舞正酣。
荡漾秋风滚金浪，
雁飞喜过云梯关。

三

古道重湿菖艾阜，

年年端午挂窗扉。
秋炊岸叶黄钱舞,
春享河鲜嫩蚬肥。
几度槐花扶世殆,
从来水物济民危。
芦荻茂盛经霜劲,
遍帱茨屋夕下归。

四

春来千野碧芳草,
归燕喧喧谁共邀?
柳绿桃红云影透,
林荫香溢鸟声娇。
槐居对岸一依水,
村落双堤两相招。
地沃人勤古风朴,
黄河故道看今朝。

五

更深又梦回桑梓,
旧舍门前心甚悲。
皂角无踪衣未洗,
核桃不见果难棰。

严尊恋土守宅院，
慈母离魂萦墓碑。
霜雪几侵双鬓染，
任凭岁月似风催。

六

混水窄流鱼蟹少，
双堤岸树已为灰。
连居成院分墙立，
散舍为邻间赘堆。
只见新客杨絮舞，
难寻旧主槐花飞。
清风祥气不吹入，
十里云天也萎颓。

七

难辞好友意忱忱，
故道滩边摘嫩莼。
行舸帆盈双岸景，
坐村怀抱一河春。
桑槐柳楝依庭落。
蚬蟹鱼虾共水存。
人类和谐融万物，

幸福大道向前奔。

八

寇毁古关逾甲子,
七层青塔始重还。
龙盘一柱风雨唤,
鹤守八方烟雾衔。
碧野新春舒锦绣,
黄河故道细蜿蜒。
望海楼上难见海,
沧海桑田九百年。

九

视频看罢可寻踪,
好似相识几处同。
不解民俗古关史,
哪来点石化金功。
深掘底蕴方独见,
浅绘浮庸终附从。
应晓千年风雨历,
东南尊傲第一雄。

十

黄河南北两迁横，
裹土挟沙奔向东。
沧海长离故道在，
云梯高坐古碑雄。
目穷不见潮升起，
重建能还关显荣？
岁月纵然如水逝，
扬帆怎卷当年风。

七言律诗

和朱将军《灌河情》

2016年9月23日

今天上午有幸拜读原南京军区司令员、现中国新四军研究会会长朱文泉上将上午刚吟成的一首七律。读后感触颇深，沉思良久，欣然命笔，依次从韵，再三相和，共抒乡子对故土的恋恋之情。

次 韵

男儿岂是忘乡郎？
不论贫身富贵王。
梦绕魂牵心有念，
春来秋去雁成行。
水跌声响传空野，
鸟叫禽喧噪苇塘。
潋滟清波洗明月，
蟹肥鲈美稻花香。

从 韵

虎鲸千里拜龙王，
鲈美一鲜牵远郎。

春舞桃花红杏雨，
蛙鸣碎月水芸塘。
金波滚滚丰秋野，
归雁翩翩飞阵行。
浊酿半壶游子醉，
乡愁百载百年香。

依 韵

灌河百里水流长，
航运不输黄浦江。
潮涨潮跌千舸满，
岸南岸北万顷芳。
风调雨顺泽平野，
地沃民勤美故乡。
天若有情天亦喜，
人间大道是康庄。

如梦令

洋槐花开

1984 年 5 月 5 日

沿岸绕村依户,
花放迷离云雾。
十里溢馨香,
醉了蜜蜂无数。
无数,无数,
漫天落英飞舞。

如梦令

又闻蝉鸣

1988 年 8 月 21 日

一

登顶择枝栖住，
不为餐风饮露。
声远自居高，
风景依然如故。
如故，如故，
犹醉百年乡路。

二

春秋埋地几何？
重生退去沉壳。
前世此生处，
立枝和曲高歌。
"知了，知了，"
苦苦短短谁说？

三

长眠三五九年,

重生五六十天。

谁教暑寒数?

单年便晓重还。

重还,重还,

日日夜夜千千。

齐天乐

中 秋

2010 年 9 月 22 日

谁磨明镜空中挂？

尊享万家笑靥。

朗朗乾坤，

光华皎皎，

无限银辉倾泻。

朦胧原野，

抚花影妖娆，

婆娑摇曳。

四海中秋，

共得天上这轮月。

太白曾与同醉，

醒来还记否，

我家琼液？

再奉千杯，

广寒宫内，

五谷能消寒冽。

应闻巨鹊,
纵横九重天,
际星飞掠。
娥女相迎,
奏千年喜乐。

根

1986 年 9 月 23 日

上学途中,在上海十六铺至舟山的"南湖"号客轮上,与一位老华侨三口之家同住一个客舱。一夜航行,听他说了很多很多……

你说,你从太平洋彼岸飞来。
你说,你从异邦的国土上归来。
你说,你说了很多很多……
很长时间,你又不说,
只是默默地,默默地,
凝望舷窗外夜色苍茫的深处。

是找回四十年前的青春身影?
是寻觅四十年前的那片白帆?
是沉思四十年前不堪的苦难?
是聆听四十年前外婆的最后一声呼喊?

四十年,你在异邦的国土上沉浮,
他乡的水土改变了乡音,
岁月的风霜染白了华发,

太平洋的风浪浓缩在额头，
那一缕永不舍弃的乡情呵，
愈来愈浓，愈醇愈厚。

你说，你从太平洋彼岸飞来，
你说，你从异邦的国土上归来，
你说，你还得回去，
你说，你要带走一把故乡的新土……

故乡的梦

1986 年 11 月 25 日

小河依依,
百年流淌,
喧嚣童年的欢笑,
吟唱少年的诗章。
故乡的小河,
时时在游子的心中流过。

小雨濛濛,
轻轻洒落,
润发遍地的草木,
滋养蓬勃的苗秧。
故乡的小雨,
常常洒在游子焦渴的旅途。

小路长长,
弯弯曲曲,
伸向故乡的远处,

连接遥远的天涯。
故乡的小路，
紧紧萦绕游子依恋的心绪。

故乡的记忆

2001 年 6 月 18 日

春 风

春风走得很轻也很慢,
将一个冬季走得很长,
终于,在最后一个冬日,
用揉轻了的柳枝,
将故乡从眠睡中挠醒。

就在这一夜间,
茅尖草青,梨白桃红,
新葭努力伸出细长的脖子,
探望长了一头白发的父亲。
雁过了,槐开了,
长大的喜鹊分家筑巢,
开始准备过起自己的日子。

脱掉冬衣的孩童,

将麦哨吹得那么轻松，
欢欢乐乐，
悠悠扬扬。

夏　雨

以千军万马气势，
来得突然，
去得迅速。
像家乡的男子汉，
不会拖泥带水，
不会犹犹豫豫。
倾泻过后，
立即还一个——
沟河欢腾，蛙噪蝉鸣，
艳阳高照，晴空万里。

有时，也很粗暴，
酒后发点脾气，
使小河溢堤，
路田淹没。
让所谓的大自然主人，
展示一下勇气和智慧。

秋　霜

秋霜很冷削。
在一个深秋的夜晚，
悄然落下，
将最后一点烦燥，
从秋的枝头打落。
好让人们不再牵挂，
那秋的忙碌，
秋的颜色。

秋霜也很脆弱。
在太阳出来后，
瞬间隐没，
没有一点声音。
只有遍地的卷叶，
在急切地告诉经过的风，
昨晚，
有一个叫霜的东西来过。

冬　雪

一个精灵，
舞动轻盈的翅膀。

在茫茫乡野，
一夜间画上神奇的童画。

童画很美，
童话很长，
持续了近一个冬。
足够我的家乡，
完完全全做完一个——
晶莹剔透的梦。

梦中，有腊八粥的喷香，
还有迎年热闹的忙碌；
梦中，有除夕夜灯笼的高挂，
还有新年早晨的祝福；
梦中，有冬甜甜的憨声，
还有春匆匆的脚步；
梦中，有少年乡情的萌芽，
还有游子悠悠的乡愁……

我想回家

2007 年 6 月 19 日

端午了，
我想回家。
那里，曾醉过
粽香和龙彩的霓霞。

重阳了，
我想回家。
那里，年迈的
老父已背弯眼花。

中秋了，
我想回家。
那里，天上的
月亮最圆最大。

过年了，
我想回家。

那里，有永远
割不断的牵挂。

清明了，
我想回家。
那里，我的母亲
静静地躺在墓下。

过节了，
我想回家。
无论春夏秋冬，
无论海角天涯，
只有那里，
才是心的老家。

乡情四曲

1987年3月18日至2015年6月16日

乡　景

冰河开，流水响，
柳枝嫩，菜花黄。
鸭鹅戏水鱼虾欢，
蚬蚌鲜美芦笋靓。
麦苗节节高，
槐花溢芬芳。

小河宽，荷满塘，
桃杏熟，梨柿长。
白天阵阵蝉赛歌，
晚上遍遍蛙对唱。
故事讲百年，
村口同纳凉。

云儿轻，风儿爽，
芦花放，桂花香。

棉田千亩展银波，
稻谷万顷滚金浪。
明月中秋圆，
清辉照村庄。

雪花飘，裹素装，
剪红纸，贴花窗。
老人小孩村口守，
等得游子回家乡。
灯笼高高挂，
迎新喜气洋。

春夏秋冬年年有，
一年四景美人妆。
民风淳朴环境美，
携手致富奔小康。
他乡有胜景，
最美是故乡。

乡 恋

写一幅楷草隶篆，
风云唐宗秦皇；
吟一首诗词曲赋，

激扬华彩汉章；

画一轴水墨丹青，

澎湃黄河长江；

唱一曲家乡小调，

回荡千年绝响。

多少年，

为何总悄然入梦，

洞箫悠扬？

多少年，

为何总对月临窗，

默默守望？

呵，那不忘的风景，

是槐荫村舍暮炊晨光。

那不绝的恋歌，

是檐燕呢喃渔舟晚唱。

那不尽的思念，

是一碗井水半壶酒香。

那急切的盼望，

是与爸爸妈妈共拉家常。

走吧，

在一个终夜未眠的早上。

丢下尘世太多的繁忙,
背上来时空空的行囊,
面朝心中的方向——
回家乡。

乡 思

清清小河轻轻偎,
窕窕柳丝条条垂。
几处蛙鸣几处和,
一方水土一方味。

长长小路常常回,
芬芬槐花纷纷飞。
十里长庄十里景,
多年漂泊多年离。

煖煖春风旋旋归,
翩翩旧燕偏偏回。
半生风雨半生去,
五更吟诗五更雷。

悠悠思念幽幽随,
深深呼唤声声碎。

千里相思千里梦,
百年乡愁百年醉。

乡　愁

迷离了清明
凄凄烟雨泪洒几行,
浓透了端午
青青芦叶裹紧粽香,
沉醉了中秋
朗朗明月又圆又亮,
融化了除夕
暖暖祝福温馨荡漾。

啊,乡愁,
你是不忘的乡音话
常常溜出嘴角,
你是清甜的故乡水
时时滋润心房,
你是醉人的家乡酒
绵绵千年醇香。

抹不淡房前屋后
春日桃红秋菊黄,

剪不断村旁庄边
小河流水四季淌，
湮不了乡土上
儿时的脚丫印蹒跚成行，
走不出远行时
不舍的一回头含着忧伤。

啊，乡愁，
你是游子外乡行
塞满家乡风景的背囊，
你是老父思儿归
村口常守候深深的盼望，
你是妈妈送儿时
难放下的一挥手永世不忘！

亲情篇
——当时只道是寻常

一九八六年十月　浙江舟山海山公园

五言律诗

姐 姐

1980 年 9 月 22 日 / 1985 年 12 月 31 日

一

女大都要嫁？谁人在后催。
姐居三百里，年见几番回。
幼弱总关爱，恙柔多护陪。
常常依小鸟，时有尾巴随。

二

姐姐喜怀女，缘何怕被察？
刚从医院产，即送外婆家。
计划方生育，违规将重罚。
女儿快长大，清丽吐芳华。

五言排律

生 儿

1994 年 8 月 20 日

九四年八月，双十日善臧。
陪妻胎复检，盼子降生嚷。
见到连襟姐，身为护士王。
产期逾越过，手术勿彷徨。
午后住医院，随着进产房。
请来科主任，亲接我儿郎。
母亲剖宫产，婴儿不受伤。
家人门外等，医护产房忙。
四点二十整，一啼几度吭。
抱儿刚送外，接手快打量。
父子初逢面，心中好紧张。
怀中温暖起，房间喜气徜。
妻累能眠睡，风急莫启窗。
岳母来守候，内妹送鲜汤。
妻子疼中醒，婴儿梦里香。
陪夜休入睡，对子细端详。
体重七斤四，身高尺五长。

哭声音韵正，神气体精罡。
面善皮肤嫩，睛明眉剑扬。
翼匀鼻柱挺，庭满地阁方。
子降呈祯气，家暾现瑞祥。
不求生富贵，只愿降平常。
快乐同相守，忧伤同担当。
润滋承雨露，地久共天长。

七言律诗

小小少年

2004 年 8 月 20 日

吾子今天十岁欢，
犹思襁褓抱臂弯。
鸠车之戏幼托进，
竹马而游入校园。
千喜新春迁市住，
几言旧友见面难。
善心赢聚多朋小，
王者仍为美少年。

七言律诗

月夜思

2005年5月3日

屈指来渝已两月，
银辉之下数归期。
春寒料峭着皮褐，
天暖匆忙买单衣。
食不可口瞥饭厌，
语非熟耳想家怡。
归期愈近愈多念，
梦里几呼儿与妻？

七言绝句

儿 趣

1996 年 10 月至 2005 年 8 月

三 岁

三岁童儿骑单车，
脚蹬双踏似飞轮。
那知菜场撞翻桶，
鱼挂毛衣人坐盆。

五 岁

美丽烟花真好玩，
响声震耳色光斓。
回屋父母何为笑，
方见窟窿遍羽衫。

八 岁

假日公园飞纸鹞，
上翻下掉线难拉。
纵然风劲自飘远，

流泪伤心就要它。

九 岁

晚餐别客儿嫌慢,
动画时间要到家。
不怕车多和路远,
一人偷跑吓着妈。

十二岁

学校还家怒气冲,
不吃午饭躲房中。
耐心寻问方知晓,
名字回读蚊子同。

七言律诗

思 母

2007 年 4 月 5 日

天途遥远路茫茫，
思念恩慈悲断肠。
袅袅纸烟飘万野，
鲜花朵朵溢千香。
醒来勿忘享肴馔，
换季记着更衣装。
身伴乡风眠故土，
魂随福音入天堂。

四言诗

祭母文

2012 年 4 月 20 日

写在慈母去世十周年忌日,以抒深切缅怀之情,并拟刻碑铭记。

呜呼母亲,与世长辞。
寿七十六,因病不医。
生崇五德,逝痛夫子。
立碑为祭,戚戚追思:
一为多育,男女共七。
辛勤抚养,教诲不息。
均学文化,同享恩慈。
德继身范,平生秉持。
二为勤劳,早起暮迟。
夏收刚去,秋收又依。
冬忙线脑,春累地畓。
勤劳致富,家殷日跻。
三为俭朴,不养侈靡。
粒粒辛苦,食不弃綦。
衣延大小,缝补蔽飓。
物置非易,敝帚自惜。

四为善良，和睦家毗。
凡有丐至，不吝济饥。
但逢求者，未作推辞。
几遇贫家，慷慨相资。
五为忠厚，老弱不欺。
辈尊分清，扶孺敬耆。
宽待邻里，事不恨赍。
去客相送，来亲诚哑。
六爱洁净，家少疾疷。
庭院勤扫，灶桌无埃。
衣衫常洗，被褥勤涤。
屋里屋外，洁净心怡。
眷眷母恩，拳拳子悕。
昼思哀涕，夜思痛汐。
慈母恩浩，粗述至此。
立碑铭刻，后辈永记。

七言律诗

致儿二十岁生日

2013 年 8 月 20 日

年少翩翩今弱冠,
亲朋相贺聚华屋。
一朝天智悠然启,
十载寒窗勤奋读。
书山勇攀输两虎,
龙门高跃逊三阁。
无涯学海苦舟纵,
美好前程歌满途。

七言绝句

儿遇小贼

2013 年 9 月 13 日 / 2014 年 5 月 1 日

一

开学典礼尤隆重，
校车接来校车回。
发现钱包被偷后，
方知天下不无贼。

二

携友同游欢乐谷，
不名献爱又一遭。
莫嫌朗朗太平世，
天下无贼尚远遥。

七言排律

悼岳母

2014年7月6日

日月同悲慈母去，
朋亲共泣慰庭闱。
盛德大义明事理，
仁善温和崇道伦。
半寸时光留子阅，
众多家务负自身。
五孩继跳中学院，
三小连敲高校门。
朝露还滋孙辈面，
春晖又暖后侪心。
十年患病多苦药，
一秩抗魔少香飨。
故土身还千字享，
天国魂驻万年尊。
巡游驾鹤伴神主，
永沐福音圣父恩。

七言律诗

为母迁墓立碑

2015年1月28日 / 4月5日

迁 墓

一十三载眠黄土，
子养哀难又恧惭。
简陋陈屋漏冷雨，
考究新户挡阳山。
大寒垒墓迁宅住，
夜雪皑野飘挽幡。
跪叩临飔思故母，
潇潇悲泪浸衣衫。

立 碑

千里求石精品珍，
正镌名讳背铭文。
碑刻摹锓层次浅，
案稿雕琢思念深。
碣立三跌纪故母，

松栽四面伴先人。
纸烟袅袅绕茔墓，
日沐阳光夜浴辰。

五言律诗

亲情感赋

1992年6月11日 / 2014年9月8日

一

同胞何为是？一脉血流存。
少小无相隙，离巢不异心。
挂牵同冷暖，惦念共光阴。
雪送寒中炭，亲情重万金。

二

慈心牵冷暖，众子母亲拉。
鸟大终分户，树高必长桠。
母离为几眷，母在是一家。
天地千重远，中秋共月华。

七言律诗

过新年

2015 年 2 月 19 日

奋蹄竣马踏祥雪,
启泰银羊送暖媛。
尘累路遥少聚会,
情深意厚享团圆。
烟花齐放庆春到,
美酒同干祝喜还。
生众芸芸几相识,
修得三世始亲连。

七言律诗

儿初驾远行

2015 年 8 月 18 日

假期学驾哪觉苦,
不怕天天热浪横。
戴月披星勤磨练,
得心应手始顺从。
考来证件一宵过,
驱动家车千里行。
滚滚四轮驰骋远,
骎骎日上向前程。

献天寿令

祝父八十寿辰

2006 年 1 月 31 日

阆苑灵桃献寿，
人间喜乐轻旋。
烟花盈彩夜光斓，
星月相竞争看。

满室亲朋齐恭贺，
将进酒、共醉万千。
福临长驻养天年，
尊享岁岁康安。

水调歌头

送子上大学

2013 年 9 月 11 日

晨起驱车去，
送子上大学。
旅途驰骋，
五百长路未停歇。
车外阳骄胜火，
车内语慈和煦，
谈笑暖将别。
风景掠窗过，
终点在前约。

学无涯，
苦舟渡，
岂存觥。
书山有径，
勤字之外本无捷。
都说寒窗辛苦，
不历人生何许？

无本自歊嗟。
岱宗地平起，
方可向天崛。

写在儿子周岁生日

1995 年 8 月 20 日

一

当你用第一声吭亮的啼哭,
推开这世间的大门,
你就是一片大海一座高山了。
当你将第一个动人的笑脸,
嵌入这世界的温馨,
你就应是心慈和善侠肝义胆。
当你让第一声稚嫩的呀语,
融进这人类的声音,
你就应是真诚坦荡春风化雨。
当你迈第一个蹒跚的脚步,
踏上这坚实的大地,
你就应是顶天立地一往无前。

呵,亲爱的孩子,
不是对你期望太多,
而因你生命的选择,

就是一个坚强的名字——
男子汉。

二

亲爱的孩子,
让你的眼光,
似宽宏和善的呼唤,
给你拥有的世界,
添一份欢愉与快乐。
让你的生命,
如镇定而纯洁的圣光,
给拥有你的世界,
带一份和平与安详。

来,我亲爱的孩子,
站在世界这无垠的胸膛上,
伸出你的手,
拥抱快乐,
拥抱希望。
开放你的心,
在温暖的阳光下幸福地成长!

天之大

2015 年 4 月 5 日

妈妈，又是一年清明了，
萋萋芳草又发芽。
一年一年又一年，
思念秋冬连春夏。
晨起回故里，
路停买鲜花。

妈妈，又是一年清明了，
跪叩墓前泪两颊。
袅袅纸烟墓周绕，
杯杯祭酒碑前洒。
今天天也厚，
今天花也姹。

妈妈，又是一年清明了，
多想儿时温暖家。
饿了是您喂饭菜，

跌倒是您伸手拉。
冬冷怀中搂，
夏热摇扇篦。

妈妈，又是一年清明了，
孤孤单单可害怕？
犹见暖暖烛光里，
新增多少白发闪。
为儿缝衣衫，
替儿洗鞋袜。

妈妈，又是一年清明了，
心里思念又添加。
多次梦里来相见，
几次夜里托梦话。
有您家才暖，
没您家在哪？

妈妈，又是一年清明了，
潇潇春雨仍在下。
丝丝牵着游子心，
悠悠思念寻天涯。
母爱深似海，
慈恩天之大。

深切的思念

2016 年 3 月 5 日

装满一车的思念，
急切地来到您的墓前。
在这春寒乍暖的早春，
仍感丝丝的寒冽。

去年栽下的幼柏，
几近枯萎，只因
思念变不成带雨的云朵，
距离将干涸的根土拉裂。

用悲叹扫去墓上的残叶，
用泪水洗净碑上的尘埃。
跪下沉重的双膝，
再作一次深深的叩拜。

今天，重新栽下茁壮的翠柏，
组成虔诚的十字，

柏间插种萱草，
围建一个思念的祭台——
田生故土，
身远心在。

妈妈，您看到吗？
萱草已露嫩芽，
翠柏肃默站立，
春风又绿故乡的一草一木。

往后，母亲花，
会在每个夏秋，
为您美丽地盛开；
茁壮的翠柏，
会在每个清晨，
向您举手致哀；
深切的思念，
永远流淌在儿女的血脉。

心的感动

2016 年 9 月 29 日

　　昨夜同学发段视频：一个肖像画师根据志愿者描述画出他们妈妈年轻时的画像。当帷幕掀起时，演绎的不再是有趣的故事，而是心灵的撞击……

　　　　　　静静地看完。
　　　　　　看完了，
　　　　　　泪——
　　　　　　在流。

　　　　　　看过的朋友，
　　　　　　是否也一样，
　　　　　　那感动的泪水，
　　　　　　迟迟不能收？
　　　　　　未看的朋友，
　　　　　　真该看一看，
　　　　　　这心酸的短剧，
　　　　　　不是在作秀。

　　　　　　人的一生好像真的很累，

累得我们心的感受在麻木，
未觉到生活的辛劳，
何时粗了妈妈的手。
人的一生好像又很轻，
轻得我们跟着风儿走，
忘记了妈妈，
多少次等在家门口。

人的一生似乎很忙，
忙得我们无法停下脚步，
竟不知岁月的风霜，
何时白了妈妈的头。
人的一生又似乎很闲，
闲得我们心存慵懒，
忘记了春夏秋去，
总有冬在后。

人的一生其实很短，
短得我们心生许多愁，
只因短暂的生命中，
真的未来得及爱够。
人的一生其实又很长，
长得我们有太多的错过，
为何长大后与妈妈，

不曾有更多的相守。

呵，朋友，
如果妈妈还健在，
就去多一点陪伴，
这样的幸福，
不会能久留；
如果妈妈卧病床，
请多一点守候，
就像当年妈妈，
守着我们的小窝篓；
如果妈妈已离去，
常去看看孤寂的墓冢，
那是我们对妈妈，
仅存的问候。

对妈妈的大爱，
我们已无从报答，
常常让我们，
梦中悲泪锁空喉。
对妈妈的思念，
我们只能永记心中，
像长江黄河，
悠悠天长又地久。

爱情篇
——比翼连枝当日愿

一九九二年四月　浙江舟山普陀山

七言律诗

凄美西湖情

2005 年 8 月 16 日

一

碧莲万顷并天芳，
潋滟盈盈两半妆。
绿叶摇凉三夏暑，
清风偷吻一荷香。
断桥未断情难断，
长梦难长缘未长。
千载等回终不悔，
伊人犹在水中央。

二

万松书院映湖光，
柳浪摇荷鸳伴鸯。
秋桂春花闻逝水，
晨钟残月剪寒窗。
十八里送清风煦，

三五更欺长夜凉。
雨骤雷惊孤冢裂，
化蝶双舞共天荒。

三

瑶池玉碎落钱塘，
碧水柔情醉红妆。
雁去雁回多少载，
花开花谢几何芳。
断桥重遇璧合半，
相送长桥蝶舞双。
雷峰塔旁谁在数？
哪成劳燕哪鸳鸯。

菩萨蛮
送 别
1989 年 4 月 29 日

远空孤雁悠悠远，
长亭柳絮依依缱。
千丝并刀割？
离人频送折！

东风吹絮碎，
迷眼因浥坠。
送别送别人，
语丢空寂岑。

青玉案

雁南归

1989 年 10 月 8 日

谁书人字行天幕?
暮色重,
仍相复。
山水重重南去路。
雁声阵阵,
家园如故,
风暖如春驻。

喜生双翅凌空舞,
飞向南国共云翥。
醒梦更听零叶簌。
何时是寐,
何时是寤?
犹见佳人数。

行香子

残 更

1989 年 12 月 22 日

离绪难排，
梦醒愁来。
不禁得、更五难挨。
推窗望月，
一勾残白。
几星相伴，
哪你我？
怎相猜。

出门入院，
独上露台。
睡鸟惊、成双翅闾。
临池几柳，
谁共折栽？
月渐西沉，
夜色阑，
露凝腮。

钗头凤

遣离愁

1990 年 4 月 29 日

一

柳丝旎，花飞起，
碧野天涯芳草迤。
对庄姝，执红酥，
甬亭相送，
此心刲刳。
孤！孤！孤！

春不喻，风离絮，
一怀心绪终空阒。
纸难铺，意难书，
旧笺还展，
再对残烛。
读！读！读！

二

不为户，身难渡，
岁岁钱潮终不睹。
满千觞，洗愁肠，
强作欢笑，
哪处深藏？
装！装！装！

词难谱，诗难赋。
满肠心事谁人吐？
水沧沧，路茫茫。
雨潇一夜，
落絮如霜。
殇！殇！殇！

虞美人

玫 瑰

1991年4月13日

娇羞掩面玫一朵，
倩影丰姿绰。
风吹脉脉片香迎，
恰见玉人款款步盈盈。

多年孤句今成和，
但愿别相错。
若陪卿共伴春行，
夜半不辞冰雪看繁星。

蝶恋花

玫瑰花开

1992 年 4 月 13 日

百姓寻常庭院种，
月月年年，
日见丛枝耸。
花语不求他客懂，
绿红自有家人宠。

春夏秋冬舟岸拢，
迎取玫香，
浓胜群花众。
挡雨遮风花护永，
天光夜月同君共。

一剪梅

玫瑰十年香

2002 年 4 月 13 日

一朵玫瑰满院香。
片片舒眉,
瓣瓣云裳。
秋冬春夏次轮回,
一日花开,
十载如常。

脉脉时光隐淡妆。
醉也沉迷,
醒亦馨飏。
此生比翼两相约,
朝看霞红,
暮送斜阳。

浣溪沙

感 事

2008 年 11 月 1 日

离校多年几次来，
未曾遇见室门开。
横波不起自徘徊。

春暖杜鹃红瀑骛，
月藏穹幕雨星裁。
英雄笔下写英台。

临江仙

玫香二十年

2012年4月13日

移种小院舒叶展，
方担雨雨风风。
不钦雅室几边红。
春临春不负，
喜将一枝生。

匆匆七千三百日，
年年春夏秋冬。
寒居不逊地天重。
春来绿满院，
花放四时红。

临江仙

致妻五十岁生日

2015 年 10 月 5 日

金筛银筛筛多少？
百年余去相同。
一江春水尽流东。
浪花笑几度，
灿烂水波中。

春光去了秋光熹，
风轻云淡天明。
近宽远阔水潮平。
朝鸿映倩影，
夜共月辉清。

烛

1988年11月15日

本想挂起诗的灯笼,
与你一起,
汇映璀璨的星空。
你却执着燃烧,
烛泪成河。

我在河上放只小船,
河面无影,
有帆无风;
水重船滞,
暮色空蒙。

我终于发现,
这条河中,
一壁金瓯。
虽然深沉,
却清晰透明。

有那么一个夜晚

1989 年 2 月 18 日

有那么一个夜晚，
二月风带着湿漉的记忆，
收拾八万里孤独，
去敲醒锈红色的窗帘。

心中的岸在潮涨时倾覆，
重又堆起另一种感觉的重负。
颤抖的执拗梳理着思想的光线，
想架起一座永恒的虹。
日与月撞击水与光交融，
四周是空无的一切的空无。

有那么一个夜晚，
二月风带走湿漉的记忆，
在处女地，留下
一座无名碑，
一棵相思树，

树上，
一半是樱桃，
一半是橄榄。
碑上，
一面是白天，
一面是夜晚。

呼 唤

1989 年 2 月 20 日

一抹羞涩的红晕,
已远飘成天边的流霞。
一捧柔软的絮语,
也风化为灵魂的墓碑。
心中之曲,
刚刚请施特劳斯谱好,
却和不上现代派感觉。
有一个声音在高喊,
又一个声音在低唤——
原始,
你遗落何方?

重 逢

1989年2月22日

柳丝揉拂，
两池明透的湖，
漾起几多粼粼的波。

天地孕出，
一颗羞怯的日，
掩藏多少激情的火。

星月映会，
汩汩咸涩的河，
怎么那么遥远无渡？

远去的云

1989 年 2 月 26 日

为何，
在露珠失色的时候，
才企图去拂洗
心中长长的怔影。
有关二月的溯风，
有关湿漉的记忆，
以及一个永难解答的命题，
都锈蚀在星星跌落的一瞬。
那凝聚在原始黄昏的颜色，
已飘向一个流行的极地——
也许很远，
也许很近。

另一个结局

1989年2月28日

你曾经到过,
那泓清清的小湖。
一颗斑驳的红石子,
击碎了独守宁静的湖。

圈圈碎波在湖面扩散,
像沉下的道道网目。
打捞着一轮轮岁月,
和弗洛伊德难解的梦。

是的,你到过,
到过那泓清清的小湖。
而现在,
小湖宁静的理由,
已被篡夺。

弯弯的月亮

1989 年 4 月 9 日

在这个周日的晚上,
天上挂着弯弯的月亮。
我从异岛踏春回来,
带着三秋漫漫的星光。
洒在一张如月的纸上,
看见一轮月圆的模样。
淡淡地光华如水,
淹没了心的小巷。

岛与岛的距离,
又岂是三秋的时光。
昨日的风吹风散,
可是不经意的一望?
今夜弯弯的月亮,
将载我们驶向何方?

四 月

1989 年 4 月 16 日

四月的风很温暖,
是你清新的气息。
四月的云很轻柔,
是你舞动的裙摆。
四月的我,
有你深情地相伴。
四月的这个周末,
我们携友一起郊游。

海山增辉,
春色满坡。
朵朵杜鹃,
羞红我们的笑脸。
青青竹林,
秘传我们的私语。

披一头细长发,

飘洒少女的温柔。
撑一把七色伞，
辉映彩虹的流波。
掬一捧杏花雨，
亮丽我一季的青春。
拥一缕桃花曲，
美丽我一生的风景。

未写下的留言

1989 年 6 月 18 日

你打开一本崭新的
粉红封面纪念册,
轻轻对我说:
写点什么?

我慢慢地将它合上,
轻轻对你说:
已在心里刻下的话,
何须再写下。
如果那座山峰攀不过,
将成一道会疼的疤……

我不知道,
那微蓝的首页,
是为我一直在留下,
还是已有隽永的语句,
潇洒地写满它?

雨 后

1989 年 7 月 25 日

是谁，
蓄谋着这样的阴谋——
一个在雨后的天上，
一个在孤静的湖里。
两个平行的平面，
永无交汇的迹线。

既盼又怕春的来临，
恐多情的柳絮，
飘入空中，
跌进湖面，
遮了天上的你，
碎了湖里的你。

春夜思

1990年4月9日

柳黄草青,夜香自漫。
虫声唧唧,月明影珊。
更有花朵吐蕊人醉颜。

雾锁重重,两江隔岸。
花失姣容,星遮月掩。
怎奈山重水复香音阑。

人海茫茫,归程漫漫。
相思难遣,相聚更难。
空见年年雁阵飞向南。

月 儿

1990年6月6日

我们相会在一个
你圆了的夜晚，
我的月和另一个月
相逢、重叠、升起，
又与你再次重叠。
我相信一个童话的存在，
等待着再次升起的你。

不知你缺了多少次
又圆了多少次，
而那个月已不再出现。
是时光无意的变幻，
是不可抗拒的遮掩。
而我的月却圆着，
是月般目光的凝聚，
是明净又深情的眼。

明天，你又要圆了。
月儿，我的梦呵，
我们还能相会么，
相会在再次
三月重叠的夜晚。

无答的结果

1991 年 2 月 16 日

我取下胸前
你遗落的几根发丝,
系作七彩的琴弦,
弹奏在清朗的月夜。
什么时候,它
才会飘出我的日子,
我不用说。

我拿出那方
洁白的手帕,
折一只美丽的飞鹤,
放飞在雨后的蓝天。
什么时候,它
才会飞出我的日子,
我不用说。

我找出一叠

抹不淡的底片，
印放为春天的诗笺，
搁在心的最深处显影。
什么时候，它
才会呈现我的日子，
我不用说。

我静静地剪出
一段芳菲的记忆，
荡起心湖的涟漪，
扩散在无春的四季。
什么时候，它
才会淡出我的日子，
我不用说。

寄南方

1991 年 12 月 8 日

一阵绿色鸽哨,
在门前的树梢栖落。
一叶装载南国风的方舟,
在思绪的岸边停泊。

时间的光线,
曾将一泓港湾,
折射为海市蜃楼,
投影在南国的海面。
于是,灼热的太阳风,
醒了三月,
绿了五月,
红了七月。

倏忽的虚幻,
竟在一个世界里永存。
而原有的真实,

已停泊着姗姗来迟的红船。

莫怪那泓港湾，
仅能容纳一条，
那个世界就是这样，
既小又大既大又小。
掬一捧身边的白雪，
也托付给绿色的鸽哨，
返回你门前洒落，
润绿那棵橄榄的幼苗。

又是四月

2009年4月9日

又是四月，
映山红又该蓓蕾满枝，
积蓄着一种至情的宣泄。
这个时候，你
还会静静地走来，
抚醒我记忆深处的
那片温柔么？

离别时洒下的泪滴，
跌进映山的红晕。
四月的海风，
荡起离别汽笛，
闪烁你渐行渐远的轨迹。

还是雨丝渐野柳丝渐浓，
织就窗外风景迷濛。
悠悠飘来一缕轻曲，

似在拨动心中那首
无字的恋歌。

又是四月，
忘也忘不掉的四月啊。
你，是否也在等待，
等待四月的映山红，
激情地盛开。

祖国篇

——巍巍华夏普照天

一九九六年十二月　江苏石油化工学院

七言律诗

国庆五十周年

1999年10月1日

五十华诞庆辉煌,
四海神州颂瑞昌。
艰苦卓绝襄义举,
改革开放巨龙昂。
百年湔雪收港澳,
万里征程起苍黄。
盛世又逢新世纪,
春潮荡漾帜飞扬!

七言排律

新四军重建军部

2001 年 1 月 23 日

今值新四军重建军部六十周年，携友一行祭谒盐城新四军纪念馆。

皖南事变冤奇古，
将士七千身不还。
未为杀倭丹血洒，
竟遭疑兄铁戈残。
老区苏北复军部，
丰沃华中旃旆妍。
由弱到强驱外侮，
前仆后继抗凶顽。
烟弥五省天兵纵，
枪响八荒日寇寒。
西太平洋传喜报，
东方战场凯歌旋。
悠悠风雨六十载，
岂忘峥嵘岁月年！

七言律诗

小萝卜头

2002 年 7 月 22 日

　　小萝卜头，原名宋振中。父母都是共产党员，父亲是杨虎城将军的秘书。小萝卜头八个月时就跟着被国民党秘密逮捕的父母进入监狱，从小随母亲在女牢中长大，一直到四五岁还没见过关在男牢中的父亲。经过地下党的斗争，他才在监狱里上了学，由地下党员和爱国志士做他的老师，之后他便利用此机会在监狱中传递秘密情报。在革命胜利前夕，他被敌人残忍杀害，遇害时年仅9岁。因此被追认为革命烈士，也是最小的战士。近出差考察来渝，今来渣滓洞参观，并以拜谒。

尚为襁褓囚囹圄，
咫尺四年方父挽。
重狱锁隔春烂漫，
高墙不阻鸟翩跹。
先辈教诲正邪辨，
情报秘传机智全。
将见黎明碧血洒，
九龄英烈恸青天！

七言律诗

神五飞天

2003 年 10 月 15 日

　　今天上午 9 时整,我国成功地将载有航天员的载人飞船"神舟五号"送入太空。这标志着我国成为继俄罗斯和美国之后第三个将人类送上太空的国家,实现了中华民族千年飞天的梦想。

熊熊烈焰映苍宇,
箭送船飞星际搏。
探月绕旋一亿里,
巡天穿越九千河。
嫦娥醒梦呼惊兔,
玉帝开颜鸣重锣。
若是故乡来贵客,
琼浆奉亲索乡歌。

四言诗

悼念周恩来总理

2006 年 1 月 8 日

　　写在伟大的无产阶级革命家、全国人民敬爱的周恩来总理逝世三十周年。

一九七六，元月八日；
噩耗传出，世界同悲。
大地动情，遍野雪飞；
上苍致意，长空星坠。
群山肃立，江河挥泪；
哀曲慢奏，国旗低垂。
人民总理，英名远蜚；
丰功伟绩，与日同辉：
执教黄浦，国共襄为；
领导东征，勇讨劣贼。
南昌首义，枪声惊雷；
建立武装，听党指挥。
风雨上海，谲云如豗；
伍豪之剑，刺奸斩鬼。
魔窟秘战，坚毅无畏；

大智大勇，气魄高隗。
雪山草地，意志如岿；
遵义会议，高举毛麾。
脚踏中原，笑感陕北；
长征万里，丰碑巍巍。
西安事变，大义智睿；
统一战线，全力捍卫。
国统谈判，不亢不卑；
揭露阴谋，识奸辩诡。
主持新政，举兴百废；
政治协商，共与安危。
恢复经济，呕心捐肺；
殚精竭虑，万机日理。
考察国情，求真去非；
了解民愿，踏遍山水。
大灾大难，坚强不摧；
救民水火，人心不背。
和平共处，团结亚非；
全球外交，携手欧美；
领袖风范，品格瑰玮；
国际舞台，光芒四射。
十年浩劫，不惧蜮虺；
忍辱负重，掌舵扶桅。
坚持建设，力避国赢；

中流砥柱，救国惛惫。
宏伟蓝图，亲手描绘；
国强民富，平生所追。
服务人民，无愧无悔；
天下为忧，鞠躬尽瘁。
彻底无产，洒尽骨灰；
祖国山川，更加雄伟。
今日中国，可否告慰？
人民呼唤，何时魂归？

七言律诗

嫦娥奔月

2007 年 10 月 24 日

今天 18 时 05 分，我国首颗探月卫星——"嫦娥一号"发射成功，并进入离月球表面 200 公里高度的极月轨道飞行而成为月球的卫星。它将在一年的设计寿命期内开展月球极区影像拍摄试验、3D 影像图制作和其他科学实验，最后将以撞击月球的方式，结束他伟大的使命。

嫦娥飞越九重天，
昂首一呼不复还。
离地螺旋奔长路，
极月回绕近环圆。
三十乡曲深情唱，
百万征程清影传。
取义舍身尤壮烈，
继来登探玉轮山。

七言排律

国之祭

2014 年 12 月 13 日

写在南京大屠杀死难者首次国家公祭日,以祭三十万无辜亡灵。

一九三七华夏危,
一二一三古城殂。
屠民卅万世惊愤,
泣血九州横泪飞。
山海蒙羞山海碎,
月星无暑月星卑。
民冤民死又民难,
国耻国殇国亦隳。
咆哮黄河声吼震,
长城霄汉剑扬眉。
三山五岳刀枪举,
四面八方号角吹。
敌忾同仇驱日寇,
前仆后继抗倭贼。
卓绝艰苦狼烟灭,

浴火重生国振威。
更有亡灵魂魄在,
岂容贼劣篡是非。
碑墙血铸冤名纪,
烛炬安魂耀宇辉。
笛咽长鸣江海恸,
旗垂半降众山悲。
国殇不忘行国祭,
圆梦中华世界巍!

五言律诗

英雄回家

2016 年 6 月 9 日

5月31日,联合国驻马里一处营地遭遇极端组织袭击,中国一维和士兵不幸牺牲,年仅29岁。今天下午,烈士的灵柩由中国空军专机跨越11国、飞行5万里运抵回国。接柩现场,卫士肃立,花环敬献,国歌高奏,哀乐低回。维和喋血,气概壮烈,忠魂回家,日月同辉!

一

男儿多壮士,马里戴蓝盔。
祖国尊严护,和平使命维。
冲突无迹起,炮火不时危。
恐怖遭袭去,神州大地悲。

二

低沉舒缓曲,苍宇挽幡垂。
灵柩国旗盖,英魂故里归。
鲜花迎烈骨,泪雨悼忠眉。
热血维和洒,昭昭日月辉!

七言排律

南海军演

2016 年 7 月 17 日

云诡波谲浊浪翻,
魑魅魍魉屡窥觇。
"航行自由"恶行横,
仲裁荒唐废纸惭。
战舰群群巡领海,
雄鹰阵阵捍空天。
烈火赤焰怒涛卷,
镇鳄驱鳖长剑寒。
兵戟宜将多砥砺,
神州不让起烽烟。
吴钩奋举斩罗刹,
敢献头颅荐轩辕。

七言绝句

"天宫"回天

2016 年 9 月 15 日

一

一箭飞天天路开，
万钧呼啸九重裁。
嫦娥正弹春江曲，
又见"天宫"奔月来。

二

"莫兰蒂"卷雨云重，
不见中秋明月踪。
莽莽长空高万里，
犹看苍宇绕"天宫"。

水调歌头

犹唱东方红

2006 年 9 月 9 日

　　写在伟大的无产阶级革命家、中国人民的伟大领袖毛泽东主席逝世三十周年。

大地出红日，
一跃韶山冲。
中流击水，
唤起劳苦众工农。
骚雅诗词墨韵，
雄魄文韬武略，
煌耀显峥嵘。
胸广怀天宇，
掌阔揽云风。

征万里，
驱倭寇，
铲腐凶。
开国大典，
隆隆礼炮震苍穹。

百姓当家做主，
两弹一星惊世，
华夏跃腾龙。
十亿人民念，
犹唱东方红。

满江红

魂兮归来

2014 年 3 月 28 日

　　今天上午，韩国政府向我国正式送还 437 具中国人民志愿军烈士遗骸登机回国。埋骨异国他乡已逾一个甲子的英烈终于魂归故里，并在沈阳抗美援朝烈士陵园，长眠在祖国母亲的怀抱中，尽享后人的敬仰。

再次出征，

国旗盖、

排排忠骨。

那岁月、卫国援战，

坚强不侮。

慷慨激昂高歌去，

驱狼斩虎生死赴。

倒下身、异域青山埋，

家不复。

英魂壮，

一甲数；

国之礼，

雄鹰护。

母亲接子女、永回家住。
松柏环卫眠百载，
后人敬仰尊千古。
看今朝、红日耀神州，
龙飞舞。

水调歌头

国庆六十五周年

2014 年 10 月 1 日

五星红旗展，
四海映天红。
辉煌甲子，
更著多少雨和风。
踏过千难万险，
冲破山重水复，
巨掌扫迷蒙。
邦安和风畅，
国屹八荒东。

爆菇云，
燃圣火，
跃蛟龙。
神州遨宇，
嫦娥奔月探寒宫。
一带一路惊世，
亚洲投行雄魄，

浩浩大国风。
华夏襄盛举,
复兴梦圆中。

西江月

东北抗日联军

2015 年 8 月 1 日

　　以杨靖宇、赵尚志、周保中、李兆麟、冯仲云等中国共产党人创建和领导的东北抗日联军，在中华民族危亡时刻，高举抗日救国旗帜，在长达十四年极其艰苦的岁月里，不畏强暴，坚贞不屈，前赴后继，浴血奋战，以血肉之躯为东北人民的解放、中国抗日战争的胜利和世界反法西斯战争的胜利做出了重要的贡献。

杨靖宇

千里奔袭转战，
白山黑水征伐。
五湖四海我的家，
岂让倭贼践踏。

弹尽粮绝喋血，
头颅可斩可铡。
壮怀激烈寇惊悒，
魂魄风云叱咤。

赵尚志

黑水白山举剑，
救国抗日擎旗。
唤英勇北方雄狮，
敌忾同仇奋起。

林海雪原鏖战，
松江两岸坚持。
抛头何惧不完尸，
彪炳千秋青史。

周保中

机智除奸斗寇，
岂容贼踏咱家。
救民水火是豪侠，
头掉视如鸿洒。

无药疗伤取弹，
行军风雪交加，
"鲜血浇灌解放花"，
喜看江山如画。

李兆麟

火烤胸前温暖,
风吹背后冰寒。
歌声相伴苦为甘,
豪迈英雄浪漫。

驰骋东北三省,
杀敌战斗频繁。
夺回重整我河山,
魔爪誓将痛斩。

冯仲云

刀剑宰割东北,
铁蹄踏碎书声。
寇侵中华面狰狞,
气势汹汹正盛。

抗日救国弃笔,
枪林弹雨从征。
历经磨难显忠诚,
笑看神州共庆。

赵一曼

白马红衣侠女，
离夫别子舍家。
柔肩铁骨卫中华，
英勇忠贞不垮。

何惧酷刑拷问，
笑迎灿烂如花。
驱除日寇见朝霞，
热血甘将抛洒。

满江红

太行山上

2015 年 8 月 10 日

"七七事变"后,日寇发动了全面的侵华战争,华北危急,中华危急。奉党中央命令,八路军朱德总司令亲率刚改编的八路军三个主力师东渡黄河,挺进抗日前线,建立太行山根据地,经多年浴血奋战,站稳脚跟,建立了巩固的革命根据地,使这块战略要地真正成为中华民族的脊梁。

八路挥师,

奔华北、前方疆场。

黄河越、红旗猎猎,

太行山上。

铁马金戈一万里,

纵横驰骋三千障。

热血儿、抗日救家国,

豪气壮!

平型关,

杀嚣张;

阳明堡,

端机场。

"名将之花"、毙命黄土岗。

众志成城驱贼寇，

铜墙铁壁逐豪强。

誓夺回、华夏好河山。

豺狼荡！

满江红

黄河在咆哮

2015 年 8 月 30 日

　　八年抗战时期，山西国共两党以民族大义为重，保家卫国，共同抗日，与凶残狡诈的日寇进行了艰苦卓绝的斗争，彰显了抗日军民的勇敢与智慧和不屈不挠的民族精神。

恶犬贪天，
旷古动、坚船利炮。
半中华、惨遭蹂躏，
盗婪贼傲。
遍野哀鸿遮劲草，
塞途饿殍肥饥鹞。
到处是、烧掠抢奸杀，
豺狼笑。

马在吼，
风在号，
长城挺，
黄河哮。
我同胞四亿、共抗残暴。

后继前仆鲜血洒,
重生浴火红旗娆。
灭狼烟、雪旧恨新仇,
天光曌。

念奴娇

东方主战场

2015 年 9 月 1 日

　　70 年前、80 多个国家和地区、2200 万平方公里土地、约 20 亿人口被卷入无情的战火，最终正义战胜邪恶。在这场世界反法西斯战争中，开始时间最早、持续时间最长、消灭日军最多、付出代价最大的中国人民抗日战争，是世界反法西斯战争的东方主战场，对彻底战胜日本法西斯起到了决定性的作用。

硝烟弥起，

铁蹄踏华夏，

几多禽兽。

黑水白山峰火恶，

黄河长江云厚。

遍野哀鸿，

疮痍满目，

草野谁人耨？

腥风血雨，

纵横千里无数。

我四万万同胞，

家亡国破，

怎喘延残苟？
楚剑吴钩同愤举，
艰苦卓绝歼寇。
西太平洋，
东方战场，
援世界坚守。
东风浩荡，
凯歌天地同奏。

念奴娇

九·三大阅兵

2015 年 9 月 3 日

　　战后七十年，我国终于设立了中国人民抗日战争暨世界反法西斯战争胜利纪念日，并于今天首次举行胜利日大阅兵，以国家的名义向这场伟大的胜利致敬。这将引起世界的注目，也将改变世界淡弱的历史认知，建构公正的历史真实，让世界铭记中国人民抗日战争作为世界反法西斯战争东方主战场的历史地位及其伟大的贡献。

七十礼炮，

迎国旗升起，

国歌嘹亮。

抗战老兵劲骨铮，

更见三军雄壮。

铁甲轰鸣，

战鹰呼啸，

重剑昂苍莽。

长虹气贯，

排山倒海浩荡。

舰队航母出洋，

走向深蓝，

正劈波斩浪。

世界和平同捍卫，

意志比刚坚强。

缅祭先驱，

铭镌历史，

将未来开创。

梦圆华夏，

春晖天地和畅。

菩萨蛮

最后一战

2015 年 12 月 26 日

  1945 年 12 月 19 日至 26 日，新四军发起了对日寇的最后一战，迫使日伪军投降，高邮城宣告解放。高邮战役的胜利，不仅保护了抗战的胜利果实，而且将苏中、苏北等四个解放区连成一片，使华中解放区得到了巩固，为后来的解放战争奠定了坚实的基础。新四军的高邮战役与八路军的平型关大捷（中国共产党武装第一场对日大规模战斗）一样，其巨大作用和影响在中国人民抗日战争史上永不磨灭。

日降签字逾四月，
兵愚狂妄不丢械。
骄横又凶邪，
通牒几相撇。

炮声天震裂，
国恨家仇雪。
瓮中逮贼鳖，
狼烟烽火绝。

水调歌头

建党九十五周年

2016年7月1日

十月传霹雳，
红船启神州。
星星划破、
漫漫迷雾夜长幽。
举起镰刀锤子，
燃起燎原烽火，
正义卷洪流。
大浪淘沙去，
壮士献颅头。

擎日月，
绘锦绣，
展鸿猷。
红旗漫卷、
风云际会跃飞舟。
高举信仰之矩，
接力未来希冀，

航路自谋筹。
梦想征程引,
巨龙越千秋。

祝福祖国

1986 年 10 月 1 日

为了你黎明的第一抹晨曦，
我以白云的名义接受你的洗礼；
为了你鸣放的第一声礼炮，
我以江海的名义接受你的呐喊；
为了你清晨的第一只白鸽，
我以春风的名义伴随你起飞；
为了你第三十七个火红的日出，
我以山岳的名义致以庄重的敬礼！

是你的第一声礼炮，
彻底摧毁了腐朽的蒋家王朝；
是民族英雄的忠骨，
奠基了人民英雄纪念碑的巍峨；
是一个伟人的声音，
宣告了东方巨人的站起；
是你的第一面五星红旗，
映红了五湖四海长江黄河。

怎不自豪！

我们伟大的事业，

正掀起全面改革的巨浪；

庄严的五星红旗，

一次次在奥运赛场上飘扬！

怎不自豪！

我们英雄的人民，

正把四化的战鼓，

擂得更响！

我们伟大的祖国，

正以巨人的形象，

屹立在世界的东方！

四月归魂

1987年清明节

很久很久，僵死在
不该僵死的季节。
旋舞的鬼风，繁殖着
也在繁殖的后代——
一个苍白的时令，
一个魔鬼的世界。
四月，
在无归的漂泊中，
绝望、泣哭、悲哀。

终于，"四·五"
白色的诗潮，
淹没了红色的疯狂，
赎回了被兜卖已久的
四月的灵魂，
在返青的大地上，
矗起了一尊

不朽的无形雕像!

从此,四月
用纷纷泪雨,
洗去身上的尘埃,
化入五月青春的闪光,
七月镰刀锤头的辉煌!

民族之魂

1987 年 12 月 3 日

为参加全校首届文化艺术节之诗歌创作朗诵大奖赛而作。

有多少诗人赞美过柔美的月光,
又有多少诗人吟唱着儿女的情长。
有多少诗人将诗献给缠绵的忧伤,
又有多少诗人将诗献给亲爱的故乡。

而我的诗啊,
要献给献身民族解放的先烈,
献给寻求民族振兴的勇士。
他们——
是中华民族真正的脊梁!

怎能忘,
半个世纪前的今天,
日寇的铁蹄在松花江畔闯荡。
怎能忘,

五十二年前的今天，
东洋的刀剑指向了母亲的心脏。
怎能忘，
侵略者的灭绝人性、烧杀掠抢。
怎能忘，
无辜民众背井离乡、家破人亡。

五千年的文明古国，
遭蹂躏、遭杀戮。
美丽富饶的国土，
被割据、在沦陷。

秦时的长城啊，
印上了豺狼的血掌。
古老的黄河啊，
溅落着侵略者的狂妄。

伟大的中华民族啊，
你历来以勤劳勇敢而著称，
虽然你也曾养育了一些不肖子孙，
却更多地哺育了一代代
英勇不屈为国为民的炎黄后人！

听——党的"八一"宣言，

吹响了一致抗日的号角。
看——红军长征的胜利，
推动了反帝抗日的巨浪！

有热血的青年学生站起来了，
掀起了波澜壮阔的"一二·九"运动。
流着炎黄鲜血的子孙站起来了，
冒着敌人的炮火，
发出了最后的吼声——
"起来！
不愿做奴隶的人们，
把我们的血肉，
筑成我们新的长城！"

八年抗战、四年解放战争，
多少青年学生，
投笔从戎、血染缰场。
多少仁人志士，
抛头流血、为国身亡。

多少不甘奴役的人们，
不畏强暴、奋起反抗。
多少党的儿女，
前仆后继、英勇悲壮！

终于，烈士的身躯，
撞响了侵略者的丧钟。
镰刀和锤头，
砍砸了蒋家王朝的宝座。

终于，鲜血染红的五星红旗，
在天安门上空高高飘扬。
一个巨人的声音在宇宙回荡——
"中华民族从此站立起来了！"

如今，历史已进入了一个新的里程，
炎黄子孙又发出了向四化进军的吼声。
不在奋斗中崛起，
就在忧疑中沉沦，
敢于拼搏的才是中华民族的优秀子孙。

伟大的民族啊，
你血雨不毁，腥风难摧。
什么，是你坚实的根？
古老的民族啊，
你源远流长，与日同辉。
什么，是你不朽的灵魂？

啊——

我要把长城,

看着是你根的象征!

我要把民族自强精神,

视为你不朽的灵魂!

我欢呼呵,

欢呼历史的滚滚车轮!

我欢呼呵,

欢呼东方巨龙的腾飞!

我欢呼呵,

欢呼中华民族的不朽之魂!

  旁白:"一二·九"运动虽然过去半个多世纪了,但"一二·九"运动在中国青年运动史和中国革命史上留下了光辉的一页。它的重大意义正如毛泽东同志所说的"一二·九"运动是伟大抗日战争的准备,这和"五四"运动是第一次大革命的准备一样,它推动了"七七"抗战,准备了"七七"抗战。"一二·九"运动的精神曾激励着广大青年学生投入到民族自救和民族解放的行列,也曾激励着青年学生投入到祖国建设的行列,今天,它将激励着我们新的一代在四化建设的征途上奋力拼搏、高歌猛进!

  "一二·九"精神不灭!

  "一二·九"精神永存!

不屈的中国

2008 年 5 月 19 日

  2008 年 5 月 12 日 14 点 28 分，四川汶川突发 8.0 级特大地震，地震使原本秀美的山川河流瞬间变为废墟，让无数的家庭顿失亲人。地震强大的破坏力震惊了世界，更把全国人民的心紧紧地联系在一起。中国人民风雨同舟，众志成城，开始了历史上最大规模的抗震救灾。

  一阵巨响，
  山崩地裂。
  一个本不起眼的汶川，
  骤间聚焦世界的目光。
  2008 年 5 月 12 日 14 点 28 分，
  千年汶川被以惨烈的形象定格。

  余震不断，
  飞沙走石。
  山河变成猛兽，
  美丽化成废墟。
  水断、路断、信息断，
  汶川已是死亡孤岛的沉寂。

灾情就是命令，
时间就是生命。
中国在动员，
中国在行动——
向四川驰援，
向汶川挺进。

调人员、调药品，
集结救援的最需；
调机械、调设备，
聚合钢铁的洪流。
汇起真诚的爱心，
凝聚民族的合力。

道路全部阻断，
不惜一切代价打通，
从陆路、从水上、从空中；
信息全部消失，
不惜一切代价获取，
用人力、用飞机、用卫星。

一方有难，
我们八方支援；

血浓于水,
我们骨肉相连;
情重于山,
我们风雨同舟。

高山可以崩塌,
江河可以堵塞,
道路可以扭断,
家园可以毁灭。
中国人的鲜血,
千古流淌着不屈!

用手指挖掘希望,
用接力延续生命,
用泪水清洗尊严,
用肩膀扛起坚强。
中国不相信眼泪,
但中国相信奇迹。

一具具躯体被找到,
一丝丝气息被发现,
一个个伤者被抢救,
一件件奇迹已发生。
小心探测微弱的生命,

不离不弃是最后的坚持。

汶川疼，国之痛；
中国伤，世界殇。
国旗半降，汽笛悲鸣，
中国致哀，世界同戚。
这里，有人类的大难，
这里，更有人间的大爱。

大地不公，
天佑中华。
爱心温暖着汶川，
中国感动着世界，
坚强回荡在天空：
汶川不哭！中国不屈！

妈妈，我已走在去天堂的路上

2008 年 5 月 25 日

　　汶川特大地震的救援仍在继续。电视上 24 小时的连续报道让全国人民看到了抗震中的汶川，看到了坚强的汶川，看到了不屈的汶川。播报中，惨烈的地震现场，令人目不忍睹；众多中小学生的集体遇难，更令人们莫不满面泪流……

妈妈，您不要哭，
我已走在一条无声的路上。
刚才正在上课，
突然发生山崩地裂的巨响。
我们身体轻轻浮起，
好像失去了一切的重量。
又似听到放学的钟声，
都向一个陌生的路口飘荡。

妈妈，您不要哭，
我已走在一条漆黑的路上。
老师说路的远方叫天堂，
那里不会再有烦恼：

没有写不完的作业,
没有背不动的书包,
没有周末补课和各种的级考。
只是今天这路上太拥挤。

妈妈,您不要哭,
我已走在去天堂的路上。
美丽家园已成惊恐的废墟,
到处都是撕心裂肺的悲呼。
多么熟悉的学校,
竟也找不到应有的地方。
那条清澈温顺的河流,
也成了极度危险的堰塞湖。

妈妈,您不要哭,
我已走在去天堂的路上。
天空中无数星星在闪烁,
是在传达对我们的问候。
他们好像知道发生了什么,
悲怜地看着我们向前走。
那颗最近最亮的星星,
可是您泪光的守候?

妈妈,您不要哭,

我已走在去天堂的路上。
我已看到了我们落下的书包，
多像春游时草地上整齐的摆放。
请将我的书包找到，
里面有"我爱妈妈"的演讲稿。
老师已和我们在一起，
我会在路上讲给她听。

妈妈，您不要哭，
我已走在去天堂的路上。
泪光照亮不了我们的路，
黑夜里我真的不孤独。
路上有很多的同学相伴，
我们手拉着手一起走。
年轻美丽的女老师，
正在教唱一首好听的歌。

妈妈，您不要哭，
我已走在去天堂的路上。
往后的日子里，
不用再来校门口等候。
大地这一次的抖动，
已将五月校园的钟声掩埋，
连同无数天真的笑脸，

还有无数多彩的梦。

妈妈,您不要哭,
我已走在去天堂的路上。
我们早看到地上、水面、空中,
到处是猎猎鲜艳的红旗,
到处是绿色橙色的身影,
到处是紧急送来的物资。
这是大家庭中感天动地的关怀,
这是兄弟姐妹间舍生忘死的相救。

妈妈,您不要哭,
我已走在去天堂的路上。
告诉乡亲不要过多地责备大地,
人间战火、过分索取和污染,
已将她伤害得很深,
应原谅她疼痛中又一次的颤抖。
人类应学会珍爱和敬畏,
只有敬爱的付出才会得到更多。

妈妈,您不要哭,
我已走在去天堂的路上。
请记住孩子的模样,
来世我们还要一起走。

我还要在您的护送下上学,
在您的呵护下成长,
在您温暖的怀抱中,
像春天的花儿幸福地绽放。

点燃圣火

2008 年 8 月 8 日

今晚的中国热情如火，
今晚的北京喜气盈面。
今晚的中国星光璀璨，
今晚的北京礼花满天。
今晚的中国四海来客，
今晚的北京八方迎宾。
今晚，在中国的首都北京，
迎来了全世界体育的盛典。

曾几何时，
1908 年的伦敦奥运会之后，
国人就发出了"三何"的感叹。
那是伟大的奥林匹克之神，
播在中国人心中的火种，
为奥运五环添一抹中国色彩，
为奥运五环烙一段中国记忆，
已在中国人心中憧憬百年。

我们记得，
第十届洛杉矶奥运会，
刘长春一个人的执着与坚毅；
第十五届赫尔辛基奥运会，
新中国首个奥运队艰难的出现；
第二十三届洛杉矶奥运会，
中国奥运首金惊世的捧起。
我们更记得，
2001 年 7 月 13 日晚莫斯科，
国奥主席萨马兰奇的一声"北京"，
将中国人带进了百年圆梦的开始。

百年的积淀，
奥运情结一直在国人心中缠绕；
百年的沧桑，
中国已从贫穷落后走向了富强；
百年的流淌，
我们已从奥运奖牌由零跻身三甲。
今天，百年缠绕的情结终于被打开，
百年感叹的答案竟是如此完满和辉煌。

让我们一同倒数，
这最后十秒震撼的节奏，

激荡十三亿中国人的心房。
让我们一同欢呼，
这感天动地的豪情，
奔涌在黄山黄河长城长江。
在这一天，在这一晚，在这一刻，
伟大奥林匹克之梦在向中国步步走进，
伟大奥林匹克之神将在中国光耀莅临。

看吧！天空升腾的二十九个焰火脚印，
是奥运圣火走向中国的足迹。
这二十九个焰火脚印，
是中国追寻奥运之梦的百年跋涉。
看吧！一个光芒璀璨的奥运五环，
点亮了中国北京的夜色。
这个璀璨的五环会让世界记住，
中国星空终于有了奥运的印记，
奥运记忆从此有了中国的传奇！

古味十足的纸墨笔砚，
泼洒意境悠远的东方深情。
千年历史的太古遗音，
倾泻源远流长的文化神韵。
中国古代的四大发明，
展现炎黄子孙的勤劳智慧。

海陆两条丝绸之路，
传递文明古国情谊无边。

一道耀眼光环激活了古老的日晷，
飞天火炬点燃了北京奥运的圣火。
这熊熊圣火，
是十三亿中国人热情的奉献，
是中国人百年梦圆的昭示；
这熊熊圣火，
照亮了锦绣神州的泱泱山川，
闪耀在华夏复兴的朗朗天际！

圆明园

2010 年 8 月 15 日

汇天下胜景，
集名园精华，
聚奇珍异宝。
这万园之园，
连同一百五十年荣耀的前世，
被两个强盗，
用十一天的劫掠，
继三昼夜的焚烧，
化为废墟，
沦为悲凉。

"这两个强盗，
一个叫法兰西，
一个叫英吉利。"
从此，这万园之园，
就以屈辱的姿势，
站出又一百五十年的今生。

我不知道，
在这个星球上，
到底是人进化成了猿，
还是猿退化成了人。
因为，即使是野兽，
也没那么贪婪，
更不会如此卑劣。
也许，人比野兽更凶狠——
人，不仅会创造，
还会毁灭。

毁灭后的万园之园，
就这样站着。
拷问着文明，
撕扯着历史，
用整整一个半世纪，
一直站成警醒。
让子子孙孙永远明白，
什么才是国家，
什么才是富强，
什么才是伟大，
什么才是辉煌。
让十三亿炎黄后代，

奔涌雄狮本该的热血，

澎湃巨龙应有的刚烈。

让十三亿炎黄子孙，

用赤胆的忠诚为你抚伤。

用不屈的坚强为你湔雪。

还一个朗朗乾坤，

还一个大国雄魂。

黄河魂

2012 年 3 月 25 日

你从青藏高原的雪山走来,
你向广袤浩瀚的大海奔去。
你从盘古开天辟地中走来,
你向光明辉煌的未来奔去。
你胸怀广阔纳川汇河波涛涌,
你蓄势万钧劈山挞岩雷霆轰。
你万马奔腾滚滚而来呼啸去,
你一泻千里势不可挡摧枯朽。
你壶口倾注飞流直下三千尺,
你龙门锁喉黄涛急泻九亿丈。
你源远流长浩荡长风一万里,
你纵横回旋律动脉搏十八曲。
你呼啸苍天穿梭在高山峡谷,
你飘拂璎珞缓动在平原丘壑。
你蜿蜒盘旋腾飞着巨龙壮美,
你拜祭雄魂传承着高原面孔。
你沐浴天地灵气孕育灿烂文明,

你润泽中原大地造就古老中国。
你勇敢坚强挺立着不屈的脊梁，
你奔流不息潜默着坚韧的血脉。
你洗黄祖辈千万年不变的皮肤，
你擦亮纤夫拉不直腰板的身躯。
你养育惊涛骇浪讨生的筏子客，
你流出粗犷豪放高亢的信天游。
你用甘甜的乳汁哺育代代儿女，
你用生命的血液灌溉泱泱国土。
你岂容母亲大地踏上贼寇铁蹄，
你以愤怒咆哮发出最后的怒吼。
你荡涤中华民族过去的悲哀，
你埋藏华夏神州曾经的痛苦。
你用不息的奔腾激荡着后辈，
你用广博的胸怀拥抱着五洲。
你欣望长空神五嫦娥呼啸飞过，
你喜看两岸万顷良田绿海金波。
你感受炎黄子孙意气风发的风貌，
你共鸣中华民族伟大复兴的号角。
你有融汇百川勇于创造的胸怀，
你有不屈不挠自强不息的气魄。
这，就是我们伟大的民族精神，
也是你永远不朽的黄河之魂。

飘逝的橙色红

2015 年 8 月 21 日

2015 年 8 月 12 日晚，天津滨海新区塘沽开发区化学危险品仓库发生强烈的爆炸。仅用 5 分钟，19 名身着橙色红消防服的第一批消防队员出现在火灾现场，烈火映出了他们最后的剪影。此时，电视上正在播报最终确认他们遇难的消息……

此刻，我仍不敢相信，
这一确认的信息是真的。
即使之前，
已有很多可怕的预测。

十九名，
十九名消防队员，
十九名第一批奔赴火场的战士。
一瞬间，消失在
更为猛烈的二次爆炸中。

那该是怎样
一群英勇无畏的人，

一群义无反顾的人？

又该是怎样

一抹逆行而上的橙色红？

其实，你们就是——

一个孝顺的儿子，

一个可爱的恋人，

一个恩爱的丈夫，

一个称职的父亲。

和千千万万普通人一样，

有着自己生活和梦想的人，

一群平平凡凡的人。

当听从祖国的召唤，

穿上这身橙色红。

你们就是——

一名军人，

一个战士。

就肩负起——

使命和担当，

勇敢与忠诚。

就已将自己的一切——

交给了祖国，

交给了人民。

洪水中，你们是方舟；

地震中，你们是脊梁；

烈火中，你们是云梯；

绝望中，你们就是希望！

正因有你们——

这样的一抹橙色红。

老百姓才会有——

困难中的坚韧，

危险中的平安，

生活中的安康。

这，是你们——

用热血书写的篇章，

用忠诚履行的担当，

用青春铸就的辉煌。

这，也正是——

你们的追求，

你们的价值，

你们的荣光！

而此时，太多的人们不禁在想：

如果，项目的审批验收多些严格；

如果，企业的运行管理多些谨慎；

如果，政府的监督检查多些认真；

还有，在军人的使命中，

也可以避免这样不必要的牺牲……

但是，太多的如果，

都显得苍白；

一切的如果，

也已于事无补。

十九个鲜活的生命，

已换不回一个个

简单得不能再简单的如果。

啊！橙色红，

一抹勇敢的橙色红，

一抹无畏的橙色红，

一抹飘逝的橙——色——红！

不！你们并没有离去！

你们依然在——

汗流如雨的训练里，

看书休息的寝室中，

生龙活虎的赛场里，

救人水火的抢险中……

不！你们又怎会离去，
你们已凤凰涅槃浴火重生，
化作天边的一抹朝霞，
永远映照着祖国的天空！

山水篇

——浩浩江海山绵连

二〇〇二年十二月　韩国首尔青瓦台

七言律诗

燕 子

1985 年 3 月 25 日

又识旧燕如约到,
戏水池塘点漾微。
远望巢旁是否变,
近窥家里有无谁?
暮晨常见柳丝剪,
醒梦时闻雏幼哝。
南北两迁多少路,
春来秋去哪头回。

七言律诗

仲夏踏苏堤

1990年7月12日

点点尖荷浮碧云,
柔柔丝柳荡湖滨。
三潭印月月无影,
一叶扁舟舟闪鳞。
幸遇渔家邻岸住,
近闻桌上酒香醇。
笑答访客问寻事,
只识红鲤不识君。

七言律诗

韩国游

2002 年 12 月 12 日

一

横飞黄海仁川落,
又越峡空济岛迎。
枝累密桔流赤帔,
冠积寒雪染丹橙。
龙头岩上新湿雨,
城邑民居古朴风。
世界杯场烽火灭,
犹闻潮起动天声。

二

华克山庄集赌客,
热歌劲舞异情风。
壬辰卫国殒身去,
显忠公祠壮士雄。
日暮云低飞瑞雪,

银花火树映明空。
人欢夜重天不暗,
未减游兴意尚浓。

三

奥运主场雄魄展,
"手拉手"曲响时风。
景福宫里明筑伟,
内藏山坡腊柿红。
国恨未消辞日客,
友诚不拒惠中朋。
身为邻舍殊礼重,
汉水悠悠情似同。

四

大国战后又博弈,
血脉相连分两畴。
驱舰联军战火点,
援朝抗美陷土收。
河山拯救烟终灭,
将士凯旋世共讴。
甲子悠悠风雨去,
诚心一笑泯恩仇?

五言律诗

登黄鹤楼

2004年6月30日

中挂赤炎日,初登黄鹤楼。
抬足飞鸟过,伸手缱云收。
极目地天远,不穷骚雅酬。
楚风千古伴,万里大江流。

七言排律

游武汉东湖

2004年7月1日

清波万顷碧山濒，
楚韵楚风呈楚魂。
傲世樱荷春夏艳，
镇馆钟剑雨云沉。
磨山落雁寻稀树，
吹笛听涛觅遗音。
先主先武旌旆卷，
诗仙诗祖畔泽吟。
毛公昔日频长往，
遗物今天依旧存。
千古朱曦夕暮去，
几身幸是百龄人？

五言排律

燕子矶登高

2004 年 10 月 22 日

燕矶今又到，偶遇踏秋中。
携友登高顶，怡心扫懒慵。
径旁香寿客，林间舞丹枫。
江阔岸弥远，风轻云滞空。
苍苍天落地，滚滚水流东。
未见白帆起，只看巨舸吰。
百年扬子变，千古重阳同。
北望乡关处，秋光色不昽。

七言排律

游嘉陵江

2005年4月9日

阆水悠悠万里程，
纳流汇川荡潆潆。
渔歌唱起千帆满，
晨鸟催发百舸憧。
半岛坐看腾浪涌，
两江合抱拱关雄。
鲛龙相会声势动，
野马分鬃浑澈明。
穿谷越峡一泻去，
魂牵大海不息东。

七言排律

游都江堰

2005年4月11日

玉垒脊峰谁剑劈？
岷江滚滚顺峡来。
离堆锁谷平泽洑，
飞堰抛石荡滞塞。
鱼嘴导流度势配，
水槽洄溢适量裁。
潦旱从愿泽千野，
风雨如心弃百哀。
波洗一轮秦汉月，
浪遗二麓雪冰皑。
恩丰浩浩达三楚，
惠沃膏膏润九垓。
石火电光尤稳固，
山摇地动不伤衰。
两千多载济沧海，
秦世可输今世才？

七言排律

观大足石刻

2005年5月1日

圣地祥和瑞气芬,
风风雨雨共乾坤。
璧合三教八百载,
摩刻五山六万尊。
天界九重浮世客,
观音千手洒甘霖。
高崖不挡香火旺,
诚信能祈后代荫。
生众芸芸多向善,
灵魂超度远凡尘。

七言律诗

阴 霾

2006 年 11 月 26 日

　　受邀为灌河北岸某化工厂进行储灌区消防系统设计，今天上午前去勘察现场。临近厂区，紧闭的车窗已挡不住难闻气味的侵入；厂区下车，浓烈的气味更是直冲鼻腔；进入灌区时，非规的设计、落后的工艺、简陋的设备和粗劣的安装，令人触目惊心，甚至无任何控制措施和未经处理的化工废水竟可直接排入相邻的灌河，真不知这样的项目是如何获批建设和获得投产许可的。伫立岸边，远望南岸，一个类似的化工区也正在兴起，有的厂区已经烟囱高耸，浓烟滚滚。此时此景，真为灌河两岸百姓和哺育两岸百姓的母亲河——灌河的未来深深地忧虑……

魔盒谁宠又谁开？

两岸须臾弥雾霾。

釜塔烟囱临道起，

呛鼻气味顺风来。

废流汩没深田浸，

塛溜涛汊大海排。

自毁蓝天碧水地，

吾侪不见子孙哀。

五言排律

再登长城

2010 年 5 月 12 日

万里长城长,安邦却胡羌。
峰烟迷落雁,甲胄泛寒霜。
赤帜空摇月,白骸不唤娘。
都说孟姜女,哭倒长城墙。
千古长城在,谁逢秦始皇?

七言排律

重游普陀山

2013 年 5 月 13 日

海天佛地海连天，
龙卧苍茫波里悬。
幽洞奇岩峰挺秀，
古刹琳殿雾牵缠。
绵绵银浪金沙软，
缕缕白云碧落蓝。
恩宠五朝声显赫，
兴革千载火盛延。
观音不肯向东渡，
香客犹来让寺阗。
凌空如虹桥几拱，
回头是岸水一湾。
徒看山界叠新景，
憾佚春风鼓旧帆。
廿五华年倏隙去，
当年学子又同还。

七言律诗

梅山水库

2013 年 7 月 7 日

　　受同学之邀，昨冒雨驱车千里赴安徽金寨与校友相聚。晚宿梅山宾馆，一夜大雨未停。今晨起雨小，独自雨中登坝。近看，坝连两山，分隔河湖；远眺，群峰成岛，逶迤连绵……

一坝冲天西跨东，
六溪九派入湖中。
水高横纵三千里，
山矮延绵五百峰。
八对降龙听命遣，
四时骤雨见恢弘。
稻菽万顷滚金浪，
十亿英雄动宇穹。

七言律诗

杨花恼

2014 年 4 月 25 日

　　近十多年来，苏北各级政府积极倡导栽种经济价值较高的杨树，以提高农民的经济收入，有的地方甚至采取过激的方式，强令农民土地上不得见到其他树种，杨树一统大地，致使在这方土地上生长了近千年的本地树种大遭砍伐已近灭绝，当地的生物多样性遭到严重破坏。奇怪的是原本也算相安无事的杨树，现如今竟多开杨花，时令一到，碎花纷飞，吸发附衣，沾眉粘目，肤触致痒，鼻吸过敏，人们恐其侵扰，避之不及，俨然徒添一大公害。

晴空四月雪纷纷，

水不扬波风见痕。

田间劳作多蒙面，

窗纱紧掩少开门。

柳飞轻絮迷春景，

杨舞碎花恼日沉。

遍野围城无异景，

是谁一统怨何人？

五言排律

观喜鹊筑巢

2016 年 3 月 30 日

楼后香樟树，四楼与等高。
餐窗离六墨①，喜鹊筑一巢。
选杈立檐柱，择杆搭框桥。
枝柔巢底垫，枝顺柱间包。
错位穿插稳，交叉搭配牢。
内平无障碍，外刺有棘螯。
北比南檐峻，南墙较北枵。
前门横嫩柳，其意纵难昭。
花媚频相访，灰鸦几侧忉。
风吹不见损，雨淋未曾漂。
家付千辛筑，家成万苦抛。
巢新招鸟妒，屋暖挡风嚎。
间对哃私语，时双理羽毛。
缠绵情两悦，不逊世人韶。

---

①墨为古代长度单位，五尺为一墨。

梦江南

甬城游吟

1989年4月30日

一

三桃月，
草木正葳蕤。
昨送山岚飞海过，
今携虹彩越峡回。
香雾散靠靠。

二

归鸟静，
号替打更声。
春色润心音语软，
馨香袭面玉娉婷。
半月正胧明。

三

阁清丽，
幽径又回曲。
一座宝书藏絮善，
半泓明池隐龟鱼。
山倚次相居。

四

天阁静，
曲径入幽深。
碧水半湖游鲫鲤，
青墙一壁跃麒麟。
佳侣也惜惜。

五

碑林里，
君介两依存。
不诽不谗持悖政，
存情存义永友仁。
千古大贤魂。

渔家傲

雁 殇

1989年9月10日

　　出差胜利油田,几次往返于废黄河与黄河之间。时近中秋,楚鲁大地稻黄获白,天上阵雁南飞,一派迷人的秋景。而大煞风景的是,沿途停车之处,多见被猎捕的或死或活的大雁被人提着,叫卖兜售……

亘古春秋迁南北,
千山万水藏凶祟,
多少刽徒刀在鐾。
飞雁坠,
凄凄沥沥声声碎。

烤整炖零闻肉味,
雨悲风号浮毛喙,
蛮野贪婪谁可畏?
飞雁泪,
洗刷不了人间罪!

清平乐

山路行

2013 年 7 月 7 日

　　午后雨歇，金寨同学携校友一行驱车前往天堂寨，途经十八弯，路窄临谷，坡陡弯急，山深色暗，风雨欲来。初驾山路，本已忌惮，再临滑坡，心惊胆战。

前同崖堵，
旁侧临深谷。
车驾初逢高山路，
雨又欲来色暮。

十八连续急弯，
对行路窄时遭。
突遇滑坡路阻，
石滚谷底心悬。

浪淘沙

雾 霾

2013 年 12 月 3 日

　　电视播报：近来，江苏大部分地区出现多日严重雾霾。昨天，13个省辖市全部污染，其中苏北几市空气质量为重度污染。而我市最为严重，12月2日17时，PM2.5小时值达到405微克每立方米。从明天起，全市各中小学、幼儿园将全面停课……

霾字写也烦，
若降天湮，
小神醉梦搅尘翻。
百里一切皆不见，
仿返人前。

到底起何年，
又为哪般？
深挖高建地球残。
碧水蓝天生态美，
几日能还？

鹧鸪天

山水天堂寨

2015 年 10 月 3 日

  国庆长假，诚邀同学几家自驾千里又赴金寨，在老同学引领下再游天堂寨。与仲夏游不同，此次天高气爽，风轻云淡；万山红遍，层林尽染；林涛阵阵，人声沸沸。不禁驰思遐想，神情飞越……

天堂寨

雄倚冠峰仍伟峨，
岭奇石怪自开阔。
半松各属皖和鄂，
一水分流江与河。

植物沓，动物多，
珍稀物种细详罗。
叠连瀑布归峡谷，
古寨遗风犹未割。

情人瀑

何故情人泪水崩？
飞流直下悯前生。
还离五丈衫即漉，
已去三时耳尚鸣。

哪世债，几生情？
全随珠玉伴清泠。
绵绵不断何时尽，
怎耐由春流到冬。

白马峰

玉帝神龙何处骎？
牙笏直指鄂边东。
朝游山水遗竹杖，
暮醉醇醪倾玉盅。

金钱坳，白马峰，
瑶池恩赐慰儿穷。
天堂人世应无界，
尤见风情总相同。

瓢城的传说

1986 年 5 月 29 日

有人传说，
这里，曾是一片苍茫的大海，
浩浩荡荡远阔无涯；
这里，曾是一片荒凉的沙滩，
无遮无挡广袤浩瀚；
这里，曾是一片滚烫的火山，
岩浆喷涌山灰弥漫。

更多传说，
一个云游到此的醉仙，
因丢失宝葫芦的一半，
受到了玉帝的惩罚。
从此，这里，
有了一个神奇的名字，
还有土地的荣繁。

双髻峰的雾

1986 年 12 月 1 日

你，悄悄地一夜走来，
诗化了谷的苍幽峰的朦胧，
依恋地将青山搂入怀中。

你，慢慢地向山坡下校园靠拢，
飘过西北漫过南东，
用自然的灵性和着青春节拍一起舞动。

你，渐渐地收藏起隐秘的面容，
待你凝升，
留下了岗的翡翠树的葱茏。

你，用迷幻的表象诠释人类的困惑：
自然不可束控，
只有神圣的阳光才能穿透一切的迷蒙。

露 珠

1989年7月8日

一泓无色的默念，
一潭孤静的絮语。
太阳被月弓射出，
散成无数对晨草的恋意。

祈祷在心雨里生长，
思念在春风中痴狂。
失去的是自己的碎片，
腾起的是另一个晶莹的自己。

不再追寻小溪的流响，
守着一份忠诚，
憧憬金秋遍地的麦浪。
不再遥想雪花的飞舞，
守着一份信念，
就会看到沃野的春光。

小 城

1998年8月6日

一个叫缙云的小城，
隐藏在青山的怀抱。
一条欢快的小溪，
淙淙地穿城而过。
粉墙黛瓦的屋舍，
错落有致依山而筑。
人们不紧不慢，
享受着惬意的生活。

住进溪边的宾馆，
快快打开紧闭的窗户，
请夏夜的小城入屋，
听哗哗流水，
数闪闪萤火。

这古老的小城，
本身就是一首遥远的老歌。

哼走了千年的时光，
唱老了远古的传说。

夜晚的小城，
点几盏稀落的街灯。
淹不住明月星光——
倾泻银色的清辉。

这梦中的小城，
像是寻找了几百年的美人。
在这小城的怀里睡去，
今夜的梦，
一定是春暖花开，
芳草菲菲。

夏 蝉

2001年7月5日

经过一夜的翻山越岭，
终于占领高地。
在太阳出现前，
卸掉盔甲，
展示轻盈。

用高亢的声音，
燥热着夏季，
燥热着心情。
向知己叙说，
看到的最远方的风景。

随后，魂入大地，
等待来世——
再次蜕变的降临。

周末的远行

2009 年 4 月 18 日

为自编 2008 年度公司"十佳员工"和"先进工作者"赴安徽、江西旅游纪实摄影集《周末的远行》配诗之一。

　　　　　　放下繁忙的工作，
　　　　　　背上轻松的行囊。
　　　　　　带着愉快的心情，
　　　　　　奔驰在远行的路上。

　　　　　　甩一会扑克，
　　　　　　打发空闲的时光；
　　　　　　唱几曲歌儿，
　　　　　　洒一路春风荡漾。

　　　　　　小溪门前过，
　　　　　　村庄山中藏。
　　　　　　垂柳下漂浮的竹排，
　　　　　　装载过多少村中的辉煌？

古老的记忆，
早已无法向往。
池塘中破败的荷叶，
暗示着村里曾经的忧伤。

粉墙雕檐黛瓦，
小桥流水人家。
这清净悠闲的地方，
可是陶翁苦苦寻觅的家乡？

石板路的尽头，
牵挂着怎样吱吱呀呀的水磨坊？
浩荡的时间早已无法丈量，
静静地仍可听到古老悠远的吟唱。

百年等候千里迎娶，
可是那梦中的新娘？
深阁高墙雕床红妆，
可还记得当年新娘娇美的模样？

取利为商，背离儒皇，
演绎了几千年的重农抑商。
藏在厅堂深处的楹联，
透出几代商人的无奈与悲凉。

坐则愚，行则知，
一生追求中华腾飞的梦想。
万世师表，千古流芳，
在你面前岂敢合影仅是敬仰。

鱼在水中游，
吞吐着今天的清凉。
人在画中行，
寻觅着过去的时光。

坐下来，
歇一歇疲惫的双脚，
品一杯，
大自然美妙的赐赏。

风起松林，
雨来萧江，
闲情能有几处寻，
岁月悠悠读文章。

朝觐三青山

2009 年 4 月 20 日

　　为自编 2008 年度公司"十佳员工"和"先进工作者"赴安徽、江西旅游纪实摄影集《周末的远行》配诗之二。

是谁雕凿了神异的奇石，
是谁赋予了巨大的仙骨。
是谁注入了生命的灵性，
是谁作出了不朽的命名。

是谁流淌着精致的弧线，
是谁拨动了大山的琴弦。
是谁用天籁之音唱老了远古，
是谁又千回百转唱彻了今天。

涧间洗浴的卵石，
可谪离千古的月亮？
月光如水的时候，
又会邀谁同醉梦乡？

探头窥望的一柱，
可是铁拐李的手杖？
云游遗落至此，
修成巨蟒游戏云雾山涧。

山高松小，云消水长，
红尘滚滚，岁月茫茫。
美景深处别恋留，
山的精灵会拉旅者的衣裳。

在绝境中从容，
在狭缝里顽强。
会当凌绝顶的时候，
你会看到无限的风光！

跟随不定向的山风去吧，
把姓名和身世留在山外。
思考的伤口不再吞噬快乐，
扔掉行囊就可云游四方。

沐着春风尽情欢呼，
和着松涛高亢歌唱。
灵魂深处响着黄钟大吕的律动，
圣洁的光明永远朝觐生命的太阳！

读书篇

——千年风云一纸藏

二〇〇八年四月　江西婺源李坑

七言绝句

为友题画

1985 年 9 月 4 日

春色图

山淡山青山漫花，
水遮水近水流遐。
分明野杜红成片，
误当坡坡披霭霞。

浪迹图

乱云飞渡绕绝崖，
寒树枯枝几落鸦。
最是当年鬃赤马，
犹从浪迹骋天涯。

暮归图

远山眉黛日沉崖，
群雁低飞觅宿垞。
好是悠悠帆落处，

炊烟袅袅几人家。

赏泉图

山高树老立崖边，
绝壁幽深不见烟。
孤道青袍何处客？
童颜鹤发赏飞泉。

七言排诗

读《水浒传》

2000 年 3 月 19 日

乱自上作遭煮煎,
官逼民反义揭竿。
天罗撞破归水浒,
地网掀开奔梁山。
劫富济贫贫庶喜,
安良除暴暴官寒。
同家异姓共八域,
行道替天经万难。
未弃愚忠吞蒙药,
终丢义帜受招安。
不换日月乾坤照,
覆地翻天也枉然。

七言排律

重读《红楼梦》

2003 年 12 月 9 日

大观园中魂梦飞,
红尘滚滚弃尘回。
三春半殒千芳谢,
百媚一哭万艳悲。
日月山川精秀女,
滓渣浊沫浪须眉。
辛酸泪洒荒唐去,
痴醉言贫真性归。
历历闺阁昭后世,
舍了梦阮敢呼谁?

七言律诗

读《岛之泗渡》

2015年9月15日

前年盛夏赴安徽金寨与校友相聚,海岛女作家海纳临别签送一本出版不久的散文集,今方有闲读完,不胜感慨。初月远窗,瘦辉难泻;海风似送,浪涛犹响;凝神击键,屏成此律。

一书读罢韵芳流,
漾漾清波碎月勾。
地久天长情不渡,
生离死别恨难泗。
人间多怨百龄少,
梦境常担万事忧。
海阔风急瞥浪远,
素心咫尺写春秋。

七言律诗

看《等着我》

2016 年 4 月 17 日

　　中央电视台大型公益寻人节目《等着我》，自 2014 年推出以来已帮助无数人圆了寻人团聚之梦，在全国产生了巨大的影响，也给更多的人带来了寻亲团聚的希望。在节目中，我们看到了无数的悲欢离合、爱恨情仇，也看到了不少贪婪、丑恶带给人们深深的伤害，但更多地看到了人世间的善良、友谊、真情和公益活动的巨大力量。在今天节目中，4 个求助者的经历各不相同，但每个人的故事都令人潸然泪下……

《等着我》档等着看，
荧屏跟前几泪潸。
盘发待妈一万日，
寻医报恩四十年。
九旬老父终相见，
两半残家又璧圆。
天地之间存大爱，
同心举善助亲还。

七言律诗

读从林诗词选

2016年6月26日

"五一"期间,高中同学偶遇小聚,由此获从林同学赠送《爱的奉献》和《大爱无疆》两本诗词集。近日拜读,深为感动。人过留名,雁过留声,人生一世,爱心永驻,心怀大爱,天远地阔。

爱在胸中天地宽,

细流轻水可行船。

虹牵云抚千溪过,

舟顺帆盈万涧穿。

春雨随心滋旱土,

和风着意化冰磐。

江河海纳波涛远,

大爱无疆飞凤鸾。

七言律诗

魂兮慰兮

2016 年 11 月 10 日

今晚中央电视台焦点访谈播报：11 月 9 日，天津市第二中级人民法院和 9 家基层法院对天津港"8·12"瑞海公司危险品仓库特别重大火灾爆炸事故系列案件作出了一审宣判，被告单位及 24 名直接责任人员和 25 名相关职务犯罪被告人被判死缓到一年六个月不等的刑罚。这起建国以来最大的安全生产责任事故共造成 165 人遇难（其中公安消防、民警共 110 人），8 人失踪，798 人受伤住院治疗。截至 2015 年 12 月 10 日，这起事故造成直接经济损失人民币 68.66 亿元。这次宣判，无论是事故本身还是案件的从重从严审判，对所有生产经营者和在岗的公职人员都敲响了警钟，也彰显了国法的威严，同时也表达了对生命的尊重和对逝者的告慰。

目无纲纪演儿戏，
关口层层灯绿研。
动地惊天爆声起，
灼风烈焰卷毒烟。
恢恢法网疏不漏，
朗朗乾坤剑在悬。
可悔悠尤心泪洗？
应知隔世百魂冤！

念奴娇

再读《西游记》

1993年6月8日

求经西去,
自餐风饮露,
跋山涉险。
长路遥遥八万里,
更有几多劫难?
鬼怪呈凶,
妖魔惑众,
山火腾熊焰。
大河横亘,
骇涛惊浪翻卷。

纵是鬼蜮魔界,
魅首魑魁,
有金箍降斩。
尽管有变多诡异,
怎躲金睛火眼。
苦求真经,

苍生普度，
大义缘微善。
阐扬遗法，
五千经卷弘梵。

忆秦娥

读《屈原》

1997年7月9日

一

生荆楚,
三寅之体经天舞。
经天舞,
内得娴美,
外修坚武。

苏世独立横不汩,
秉德无瑕从云属。
从云属,
魄英永驻,
魂忠千古。

二

别郢土,
凄凄肆涕何堪睹。

何堪睹，
马哀回首，
舟横非渡。

楚王昏怯听谗妒，
放逐屈子国失辅。
国失辅，
内贪外错，
累贫积诅。

三

思郢土，
登高独望西遥处。
西遥处，
风飘都郢，
雨摧危楚。

茫茫寒水无舟渡，
沉沉腥暮弥天沍。
弥天沍，
狐亡丘首，
雁飞归故。

四

汨罗赴，
奋身一跃忠千古。
忠千古，
荷盈楚塘，
蕙馥躯骨。

共融湘水荪兰蔀，
忠魂一缕同云煮。
同云煮，
离骚天韵，
九歌神著。

念奴娇

读《三国演义》

1999 年 10 月 25 日

　　《三国演义》描写了从东汉末年到西晋初年之间近 105 年的历史风云，呈现了东汉末年群雄割据的混战和魏、蜀、吴三国之间的政治和军事斗争，反映了三国时代各类社会斗争与矛盾的转化，概括了这一时代的历史巨变。但作者混淆了历史与文学的差异，宿命性地选择一种草率和粗俗的历史观：历史只不过是暴力和权力争夺中的竞技场，是阴谋和权术帷幕下的大舞台。

　　　　倾颓汉室，

　　　　乱天下、骤起群雄逐鹿。

　　　　天子伪旗征战讨，

　　　　奠定曹魏疆土。

　　　　百挫不挠，

　　　　宽宏厚毅，

　　　　先主得皇夙。

　　　　吴王称帝，

　　　　三足分立一柱。

　　　　演义百载风云，

　　　　七实三杜，

纯朴深渊掳。

忠义一旗毒两剂：

伪善权谋狰怖。

暴力蒙丸，

极权挡箭，

诡计密宗祖。

过功毁誉，

任由评说千古！

念奴娇

读《三峡》

2004年8月11日

　　2003年6月1日，三峡上空一声久久回荡的炮响，昭告着人类历史上最宏大的改造自然的工程正式启动。为此被迁移的一百多万人的生活印迹也将伴随那曾经激越漂荡、奇峻壮丽的三峡，在不久的将来永沉江底。它的奔腾跌宕，它的白浪滔天，它的剑气如虹，也将化为天水相接、烟波浩渺的一汪平静。一个三峡人，努力地用真实的镜头，为自己的故土作最后的见证；用沉痛的心情，为祖辈的三峡作最后的送行……

　　　　　　大江东去，
　　　　　　劈崇山峻岭，
　　　　　　挟势穿谷。
　　　　　　卷起怒涛拍峭岸，
　　　　　　叠嶂笼烟锁雾。
　　　　　　鹰隼盘空，
　　　　　　猿声不断，
　　　　　　万水轻舟渡。
　　　　　　莽苍横贯，
　　　　　　源头千里可溯。

　　　　　　高峡截起平湖，

波澜不险,
漾漾呈娇妩。
赤壁出师沉水底,
云雨巫山无睹,
鬼城淹殇,
石鱼溺殒,
屈子失家土。
再生李杜,
大江诗还千古?

菩萨蛮

读《纳兰词》

2010 年 5 月 10 日

《侧帽》《饮水》惊尘世，
京城处处缺竹纸。
三百纳兰词，
世人多少痴？

那情何为侈，
只教许生死。
分是永相思，
热将冰雪蚩。

水调歌头

看《大国崛起》

2010 年 11 月 26 日

中央电视台 12 集大型纪录片《大国崛起》近期播放结束，节目展现了近 500 年来，人类现代化进程大舞台上相继出现的葡萄牙、西班牙、荷兰、英国、法国、德国、日本、俄罗斯和美国等 9 个世界性大国的崛起、衰落及辉煌。这些大国兴衰更替的故事，留下了各具特色的发展道路和经验教训，启迪着今天，也影响着未来……

近史五百载，

勇士拓八荒。

风云际会，

乾坤翻转换沧桑。

两牙[①]对分世界，

车夫[②]创兴商业，

甲板载五洋。

帝国日不落[③]，

[①]两牙:指葡萄牙、西班牙。500 年前，他们相继成为称雄全球的霸主，势力范围遍及欧、亚、非、美四大洲，主宰世界长达 1 个多世纪。

[②]车夫:荷兰曾有"海上马车夫"之称，也曾将自己的势力几乎延伸到地球的每一个角落，被马克思称为当时的"海上第一强国"。

[③]帝国日不落:牛顿开启了英国工业革命的大门，使其成为第一个工业化国家，第一个迈进现代社会的国家。

智力助英强。

人权立，
科学兴，
凯门昂①，
讲台三尺②，
铺垫智厦耀光芒。
君主寻师问道③，
民众崇学尚教④，
国运始弘彰。
科技潮头立，
一世再辉煌⑤。

---

①人权立，凯门昂：指法国的《人权宣言》和凯旋门，法国是孕育影响近代世界启蒙思想的地方，其自由、平等、博爱至今闪耀着人性的光芒，它也由此逐渐找到了通过践行启蒙思想的原则而成就大国地位的发展道路。

②讲台三尺：战胜法国并俘虏法国皇帝的德国元帅曾说"普鲁士的胜利早就在小学教师的讲台上决定了"。免费教育从19世纪中期就已在德国开始，高度重视国民素质的培养是德国崛起的重要基础。

③君主寻师问道：为追赶欧洲强国的现代化步伐，俄国沙皇曾以下士的身份四处寻师问道，并与牛顿有过交往，引领了学科学之风。

④全民求学：在西风东进中开始明治维新的日本，敢于抛旧迎新，求知于世界。到1910年时，全国95%以上的男子，90%以上的女子都接受过教育，这些是日本战前及战后腾飞的主要基础。

⑤一世辉煌：虽然只有230年历史的美国，但却演绎了罕见的奇迹。将世界第一经济强国的位置占据已达一个多世纪，至今仍在显示着它的辉煌。

水调歌头

读《长征》

2011年1月3日

1934年10月,第五次反"围剿"失败后,中央主力红军为了摆脱国民党军队的包围追击,被迫实行战略大转移北上长征。1936年10月,红军的三大主力红二、四方面军同红一方面军在甘肃会宁会师,标志着长征的胜利结束。中国工农红军的长征是一部伟大的革命英雄主义史诗,它向全中国和全世界宣告,中国共产党及其领导的人民军队,是一支不可战胜的伟大力量。捧读《长征》,常常手不释卷,热血沸腾。今日深夜读完,长时难寐,欣然命笔……

　　褴褛红星闪,

　　刀剑映寒霜。

　　英魂三万,

　　湘江虾浪洗残阳。

　　遵义灯光驱雾,

　　赤水舟楫回旋,

　　水暖金沙江。

　　大渡浪涛险,

　　泸定铁索长。

　　草为毡,

雪当被,
地是床。
粮绝炊断,
草根皮带垫饥肠。
雁叫声回大地,
志坚心往北斗,
旗卷长风扬。
二万五千里,
悲壮铸辉煌!

水调歌头

读《石油战争》

2011 年 3 月 21 日

"如果你控制了石油,你就控制住了所有国家……"在过去一百多年里,控制石油和天然气能源,是英美一切行动的核心。今天的任何国家,如果没有了石油,必然面临经济和安全的灾难。当我手捧已读一半的《石油战争》,晚间新闻播报:今晨法国率先空袭利比亚后,美、英又相继对其实施了导弹攻击和飞机空袭。一场隐为石油的战争再次拉开了血腥的大幕。

历经亿万载,
狱炼几千重?
一朝发现,
掘见天日露真容。
方有百年光景,
就搅百年倾覆,
世界为油疯。
一世战争史,
处处见其踪。

足已涉:
星空远,

海洋横。
风云诡秘，
激烈博弈在中东。
战略资源根本，
胜利血液命脉，
控制权争中。
今日利比亚，
又见炮声隆。

水调歌头

读毛泽东诗词

2013 年 12 月 26 日

今天，是毛泽东主席诞辰120周年纪念日。值此再读毛泽东主席诗词，豪迈之情油然而生，感动之余，命笔成阕。

千载惊雷震，
挥臂唤农工。
苍苍莽莽，
万山千水揽于胸。
六卷文韬撰著，
武略九州翻覆，
纵世横天穷。
驱散迷离夜，
日照大地红。

四海云，
五洲雨，
九天风。
大毫龙舞，
墨落天地愧骚雄：

诗仙略输浪漫,
诗圣稍缺壮阔,
苏辛逊恢宏。
流韵高山唱,
豪迈贯长空。

鹧鸪天
再读自编《流年光华》
2015年3月3日

书月当窗对月明,
春心又起共潮生。
岛风柔曼尚吹面,
海漾轻波犹映容。

急促促,太匆匆,
华年几许逝流东。
今宵谁与追清月？
三更听潮五更风。

沁园春

看《海棠依旧》

2016 年 7 月 30 日

繁点胭脂,
浩嵌珍珠,
风卷云烟。
看琼瑶白雪,
玉晶眩日;
粉红霞帔,
灿艳迎天。
香溢西厅,
灯窗花映,
日理万机负殿阗。
犹争艳,
为那年春日,
一见成缘。

记得大雪垂幡,
忠魂去、凌云飞九天。
令山河莽莽,

白花漫漫；
苍穹荡荡，
飞泪潸潸。
今又春浓，
海棠依旧，
叠萼重跗香并妍。
花如是，
却斯人不见，
岁岁年年。

看《贝鲁特的孩子》

1983年1月12日

　　一个六七岁的小男孩，孤独地坐在一张破损的课桌旁，用被炸掉双手的手臂翻看着残破的课本，眼中充满无助和忧伤。这是战地摄影记者诺格柏在贝鲁特大屠杀发生后的摄影作品——《贝鲁特的孩子》。

　　　　这是赤裸裸的屠杀！
　　　　这是血淋淋的控诉！
　　　　可怜的孩子，
　　　　你在想些什么？

　　　　学校没了，家园没了；
　　　　左手没了，右手没了；
　　　　爸爸没了，妈妈没了……
　　　　上帝啊，人间为何会有杀戮？！

　　　　这是文明对文明的野蛮，
　　　　这是人类对人类的残酷！
　　　　孩子眼中流下悲伤的泪水，
　　　　我的心里开始痛苦的颤栗。

我祈求受伤的地球，
不再有肆虐的炸弹。
我祈愿人类的天空，
永飞着和平的白鸽。

看《贝》

1986年6月11日

在参观江苏省美术馆画展中，见到一幅油画，主题是沙滩上的一只彩贝。

是想寻找失踪的伙伴？
是想领受月光的慰抚？
是想聆听星星的童话？
是想看看人间的万家灯火？
昨晚，跟着潮水走上沙滩，
今晨，你却被沙滩留下。

此时——
耳边响起妈妈的嘱咐，
脑里惦记海底的沉船。
心中澎湃大海的律动，
眼里流下痛苦的泪珠。

终于，你明白，
你不属于沙滩。

如果一旦属于，
就意味着你的末日。

我多想，
将你投入大海，
帮你脱离死亡的灾难。
我多想，
将你捧入波涛，
让你重新属于你的妈妈。

看《国情备忘录》

2011年1月1日

"地大物博，人口众多"，
并不陌生这样的美赞。
从上小学起，
就自豪地从课本中，
这样读到了你——
我的中国。

那是一种怎样的自负呵，
拥有苍天太多的恩赐——
取之不尽，
用之不竭；
地上地下，
无限蕴藏。

大量的砍伐，
无度的索取，
惊人的浪费，

低值的使用。
终将一个美丽的家园，
折腾得百孔千疮。

河水遭受污染，
空气慢慢浑浊；
青山逐渐光秃，
绿洲退让沙漠；
资源濒临枯竭，
物博变成物薄。

终于，
大地喘息，
苍天流泪。
不需要过多的提醒，
人们已从越来越多欠缺中，
逐渐感受到了贫瘠的分量。

当连续看完电视节目，
才从一串串数字中，
真正认识了你——
是强国也是弱国，
是富国也是穷国。
这，就是你的国情备忘！

绝不是满目疮痍，
这样就是黑镜头；
也不可藏污纳垢，
这样就粉饰太平。
在忧患的客观审视中，
看到更多的是宏大与辉煌。

光鲜的一面，
能给我们信心；
忧患的提醒，
不是推入绝望。
如果脱离了大的国情，
也许永远得不到真相。

横连五湖四海，
纵承灿烂文明。
开放、理性、谦和，
才真正属于一个——
文明古国和现代大国，
本应有的自信与坚强。

我们已从自负中清醒，
我们已在前行中回望。

自立红牌处处警示，
自挂警钟时时敲响。
从涸泽而渔走向持续发展，
由人类独取转向和谐共享。

我们重绘青山碧水，
让自然之神留恋黄河长江。
我们重描蓝天白云，
让十亿神州永远风清气祥。
我们正走向世界，
成为一束耀眼的东方曙光。
我们正意气风发，
走近民族复兴的伟大梦想。

读《仓央嘉措》

2015年7月19日

在北京,
在首都机场,
在候机厅,
在一个小书店,
我与你,
不期而遇。

写着你名字的书,
包着酱红色封套。
犹是你,
披着神圣的佛袍。

捧着书,
就像捧着你。
阅读你,
就像沐浴圣洁。

在白云之上，
在万米高空，
我与你——
很近。

我看到，
你匆促而锦绣的一生：
行与思，
感与悟，
苦与乐，
爱与憎。

我看到，
1683年，
在藏南门隅纳拉山下，
伴着众多瑞兆，
转世灵童的降临。

我看到，
1697年，
在西藏的布达拉宫，
铜钦神圣威严地奏出，
六世达赖坐床的盛典。

我看到,
1705年,
因"不守清规",
康熙帝一旨准奏,
一个达赖喇嘛的废黜。

我看到,
1706年,
在贺兰山下阿拉善,
在雄鹰栖落的地方,
生与死瞬间的更替。

你做虚空不灭的佛,
你点凡心不熄的灯,
你寻千年等候的爱,
你觅绝世缠绵的情。

你流连在花影月夜,
你徜徉在高山流水。
你清净而生清净去,
你半生荼蘼半生寂。

此时,
万里碧空。

满眼金光穿过舷窗，
照在我手捧的书上，
闪耀你圣洁的灵魂。

飞机和我，
由北向南。
时间和云，
由南向北。
也许，
北即是南，
南就是北。

像佛解的意识，
无即是有，
有就是无。
像佛解的生命，
生即是死，
死就是生。
也像你，
在雪山之上的——
睡与醒。

有人说，
你是不朽的经文。

而我说，
你是永远的圣歌。
歌唱你，
就像歌唱鸟儿，
就像歌唱树木，
就像歌唱晨曦，
就像歌唱雪原，
就像歌唱人性，
就像歌唱爱情。
心中会荡起，
朝觐生命的禅音，
眼前会升腾，
金闪圣洁的光明。

思悟篇

——心悟桑陌可耕田

二〇一三年七月　安徽金寨天堂寨

五言律诗

高考落榜有感

1980年8月13日／8月22日

一

午后通知到，心生波状愁。
十年寒窗苦，一日付空流。
鹊叫谁家院，运鸿哪个头？
宏图能远展，天阔竞飞鸥。

二

报子不堪顾，全班尽陷忧。
同为沦落客，都是欠耕牛？
尚要雄心立，还需苦海游。
悬梁锥刺股，天道总勤酬。

七言律诗

小树初长

1981 年 10 月 5 日

初栽小树亭亭立，
叶少枝疏未有荫。
嫩叶敢迎风凛凛，
幼枝不惧雨霏霏。
喜看飞雪连天地，
常伴邻松傲空垠。
沃土扎根入甜梦，
寒冰融化绿新春。

七言绝句

望 月

1984 年 9 月 10 日

一

迢迢银汉远光寒，
亿万年中重九圜。
相望相思难相见，
人间无奈道圆残。

二

嫦娥无意惹晴阴，
原累人间情自吟。
借翅翖空两千丈，
方知脚踏万层云。

七言绝句

小园偶得

1985 年 7 月 2 日

一

春深花簇散馨香，
翩舞蜂蝶戏粉妆。
谁料一场风雨过，
香消瓣落自哀伤。

二

园中花盛闹春时，
开瓣泼香意恐迟。
最是滢滢塘远处，
莲房深锁曳独枝。

五言排律

秋 蝉

1993 年 9 月 12 日

秋濒邻渐少，秋到唱逾恢。
翼冷心头重，风凉露水寒。
迟来无盛景，高住见残天。
知了今生事，难随后世缘。
暮昏听落叶，晨醒叹笼烟。
数月时光近，依槐体魄干。
隐隐归故土，依依弃尘寰，
魂去寻遗梦，重来是何年？

七言律诗

送 春

1994 年 4 月 26 日

风暖冰开肥绿红,
莺歌燕舞赧晨钟。
年重一岁百花似,
梦复三更几夜同?
时雨南来鸿向北,
玉蟾西坠水流东。
春长春短春易谢,
地老天荒谁共荣?

七言律诗

千禧年感怀

2000年1月1日

新年千禧两相逢，
可会跟来千禧虫？
秒秒答答过零点，
平平淡淡竟相同。
夜空辉映烟花灿，
晓宇喷薄耀日红。
忌惮小虫本多虑，
北风过后是东风。

七言律诗

元旦感怀

2006年1月1日

新来旧去两匆匆,
犹见红尘遄逝踪。
冬走春回冰易解,
风生浪起水难平。
天博地大心毋大,
家窭身穷志莫穷。
躲入小楼敲楚韵,
管他雨骤雾蒙蒙。

七言律诗

感 怀

2012年10月5日

蜜蜂忙碌百花间,
酿取甘甜谁在藏。
涉水涉山涉冬夏,
任劳任怨任短长。
怎堪两鬓丝霜染,
无奈三椎骨刺狂。
莫让鸡虫喙日月,
留得闲适赋诗章。

五言排律

天河验工

2014年8月9日

鸡毛令箭举，噪噪妄声狺。
雪地寻遗发，婴肤找冻皴。
斜空悬赤日，牌纸数黄昏。
玉液盈玻盏，佳肴溢胃门。
狈狼宜为伍，吆喝总相跟。
酒半心吞海，量足气盖坤。
博学穷宇宙，天帝尽儿孙。
星月歪斜走，堪怜驾车人。

七言律诗

人到中年

2014 年 10 月 22 日

人到中年程已半，
早知岁月亦蹉跎。
一成时日寒窗苦，
三份光阴风雨濯。
来世只拿纸与笔，
扬帆不惧浪和波。
画天绘地换浊酒，
平仄常敲自裁割。

七言律诗

闻准大学生受骗离世感赋

2016 年 8 月 22 日

电视今报,山东一位女准大学生在即将步入大学校园时,被电信诈骗骗走了全家省吃俭用攒下近万元的全部学费。身体健康的她在非常悔恨、伤心中突然昏厥,紧急送医后终因"心脏骤停"抢救无效于昨日离开了人世。一个鲜活的生命戛然而止,一朵美丽的鲜花遽然飘逝……

是谁为虐助猖狼?
百姓裸奔无隐藏。
狡诈花言多陷阱,
善良浅世少提防。
贫家万钱万般苦,
怨女一魂一瞬殇。
瘴雾何时涤荡尽?
乾坤朗朗气正祥!

七言律诗

无 题

2016 年 10 月 3 日

电信联通移动连,
音容传送瞬忽间。
流言黄段顺风起,
暗骗明欺夺命钱。
旧柬常翻温尚在,
何年竟断雁空还?
寸方指点乾坤小,
一书千金不再谈。

卜算子

折梅插篱

2009 年 6 月 15 日

不是不报春，
斫断平生误。
随绕西园作栅篱，
梅俏园中护。

插土又生根，
错当重生处。
已作园篱岂出头，
空有香如故。

忆王孙
无 题
2012年6月9日

一

鸦嘲鹊羽未白姣，
不见身穿黑色袍，
总落枯枝炫自高。
怎见着，
银汉迢迢搭鹊桥。

二

又闻螃蟹举钳螯，
本事都知有几招，
锅上蒸熟香醋浇。
满浊醪，
朋聚正要下酒肴。

三

若得小院种竹桃，
扯起金黄酒肆飘，
一盏清茶藤椅摇。
诵《离骚》，
楚雨秦风寻旧潮。

四

南风尤比北风姣，
万野春光万里娆，
岁岁归燕剪柳梢。
更依约，
梅李樱橘梨杏桃。

遗忘的梦

1986年6月1日

像烟,似雾;
朦胧,隐藏。
我看不清呵,
你的身影,
你的面庞。

等待久了,
期待久了。
再相见的时候,
似乎有了一点——
遗忘。

梦

1986年6月9日

昨夜，
我做了一个可怕的梦，
梦见我在一个无人的荒岛上泣哭，
是为了光身来世的羞辱，
还是为了学步时踢倒的疼痛？
是为了一个童话的破灭，
还是为了一个寻不回的梦？
是……还是……
似乎都不是。

当我惊醒时，
呵，停电，
身边亮着一支流淌的蜡烛。

星

1986 年 7 月 17 日

天上的星星闪闪，
我在寻找我的那颗。
它是我目光的反射，
它是我心海的流波。

天上的星星闪闪，
我在寻找我的那颗。
它是我泪珠的凝聚，
它是我心愿的糅合。

天上的星星闪闪，
我在寻找我的那颗。
如果那颗一旦陨落，
世上可还存在着我？

别离南屋

1986 年 8 月 28 日

这里,留下了我奋斗的足迹,
即使足迹是那样地弯曲。
这里,记下了我不懈的追求,
即使追求的还没有结果。

这里,藏起了我一个绿色的梦,
即使梦醒后是绵绵的痛楚。
这里,留下了我快乐的欢笑,
即使欢笑后是悲伤的泣哭。

别了,我的南屋。
我不知能否回头,
我害怕弯道处座座无字的路碑,
我不敢捡拾梦醒后的一瓣落红。

别了,我的南屋。

小胡同

1986 年 9 月 7 日

梦中,
我走进一条小胡同。
胡同很深,
弯弯曲曲。
像魔幻老人的拐杖,
眨着狡黠的绿光。

一个红衣老人,
一手挽着女郎,
一手端着酒浆,
美酒如唇——
血红。

小胡同,
夜的天国,
我向纵深走去。

一声惊雷，

光照天宇。

那个纵深，

竟是旋转九十度的地狱。

小胡同——

一个精神的枷锁，

一个思想的牢笼，

一个多么可怕的梦。

落 叶

1986年11月9日

是夏送给秋的一叠诗页，
情的灼热，
烤熟了收获的季节。

是秋寄给冬的一封情书，
爱的成熟，
凝成了透明和纯洁。

是冬珍藏春的一粒种子，
玉的晶莹
孕育了梦的缤纷多彩。

是人生巨书中的个个逗号，
页页翻过，
都是坚实的足迹。

太 阳

1986 年 11 月 15 日

亿万年的孕育，
在母体的剧痛中得以降生。
一个小小的生命，
从此属于了永恒。
阵阵痉挛未断的脐带，
还时时颤动着儿时的碎梦。
梦中，
正升腾起一道不朽的彩虹，
七彩的泪珠也凝结在冰雪的隆冬。
当最后一个谎言在炼狱中熔化，
石径拉出了一个太阳——
火红，火红。

残 阳

1986 年 12 月 22 日

请别，在这
跌落的时候，
留下一个
凄惨的笑容。
这样，只会使
黑暗前的黄昏，
更加沉重。

既然，
瑰丽的朝霞
已不属于。
又何必，
将如血的残阳
带入梦中。

怜水仙

1987年1月11日

少了野性的抚慰，
多了娇爱的怜愁。
虽是几清水洁，
却被搅碎了生命的节奏。
过多的戏秽，
却道是高雅的品赏。
淡了的最后一抹，
也飘落在思乡的路上。

岸

1987年1月16日

宁静的港湾，
拥抱着落了帆的樯桅。
缓缓的海浪，
拍打着樯桅的摇篮。

一只小船，
伴着孤鸥，
在大海上苦苦寻觅——
闪烁的星空下，
一条首尾相接的岸。

启 航

1987 年 1 月 26 日

远了，
岸——
在拉长。
汽笛——
划开一道苦涩的浪，
一端牵着我，
一端系何方？

远了，
岸——
被遗忘。
樯桅——
撑起一穹无星的幕，
幕下是人间，
幕上是天堂。

弦 窗

1987年1月26日

晚归的海鸥,

已将最后一缕暮光衔走,

清朗星空下,

月光的银辉,

凝固成一朵静静的睡莲。

思绪的露珠,

能润发一颗太阳雨

浸湿的红豆么?

和煦的海风,

隔着弦窗,

吹拂一尊古老的雕塑。

致捕者

1987 年 2 月 20 日

扯来南山的滕北山的蔓,
织成洒溢野香的网,
把单纯的小鸟捕捉。

呻吟孤雁哀鸣夜莺忧唱,
灌制伤感的小夜曲,
将春夜的宁静收降。

装来阴沟潲水残剩酒汤,
倒入装饰盆加点沉淀剂,
诱捕纯洁的月亮。

拥有了鸟儿,
拥有了月亮,
又将布下怎样的网?

帆 逝

1987 年 5 月 20 日

告别恶浪剥啄的礁石，
任凭咸涩的海水，
浸透撕裂的伤口。
追逐天边的归雁，
缓缓，缓缓——
飞向南。

往日的幽梦已经逝去，
梦呓的祷语碧透了野草几度。
感召于苍穹下的落日，
落日下的孤鸥，
在失血的剧痛中，
驶向自己的归途。

归

1987年6月2日

我曾将你题名给
一张黑白照片:
孤雁、树林、昏天——
一切都被乌云包围。
可惜曝光不足,
层次不太鲜明。

我将照片制成一只
雁状的风筝,
在记忆的季节里放飞。
可线断了,
一放难再收回。

帆

1987 年 10 月 3 日

从远古的历史，
扯起的一片尸布，
跌入了人类的混浊。
从此，将自己
交给了江河，
交给了海洋。
在茫茫星空下，
思考着风的起源，
风的方向。
用月亮的银犁，
耕耘泣血的年轮。

碎 筝

1989 年 5 月 25 日

本是我小屋顶上
一只欢快的风筝,
背叛了线的盟誓,
与风一起私奔。
我竟找不回放飞的金丝线,
它已碎了,
散落成我童年捡玩的
无数的苦楝籽。

我去追回童年的祈祷,
和着苦楝籽,
砌成一个无名的人。

自 白

1989 年 6 月 15 日

我是远古太阳雨中浑浊的一滴,
在时空的炼狱中寻求透明。
原始的光华包围着我,
折射第一千零一个太阳的星晕。

我是离人泪水淹没的半边月亮,
踯躅于思绪的裂谷。
搜寻远祖遗落的星针,
串万家泪珠为中秋夜空的偶像。

我是滚动着緅色石头流的长江,
载着江河边纤夫的号子,
以及江河边喊魂的悲怆,
在弯道处立起一座座阴谋者的牌坊。

我是脚踏家乡芬芳泥土的耕牛,
躬身耕耘化贫瘠为芊芊绿波。

渴饮河中水饥食土上草,
却拒绝任何质地的缰绳和镣铐。

我是一个骚动的夜梦,
寻觅于历史的长巷,
在故纸堆里收集万古谏方,
撞击隐有各色蝙蝠的黄昏墙。

关于人类的断想

2006年3月12日至2013年8月26日

一

真的，无脸穿上

蓝天的雨衣。

当暴雨来临时，

就该利如飞箭，

刺穿昨日的痴狂，

刺透今天的疯癫。

如惩戒，

如报应，

如罪有应得。

其实，从空中

落下，再升起，

只是一次本质的回归。

而雨中裹挟的，

已有深的重，

异的味，

杂的色——

一切蒙人所赐。

二

一条新开的路，

剖开大地胸膛，

埋入山的命甗和呻吟，

如骨刺——

痛在脊背，

疼在心里。

于是，背负无巢的蚂蚁，

驮着形形色色的欲望，

满世界爬动，

满世界筑巢，

满世界啮绿。

上帝给了我们灵巧的双手，

我们用来扒开自己的胸膛。

三

我未长出翅膀，

却飞在万米高空，

带着人类的得意，

带着人类的尘嚣。

苍天之眼,
无声地看着天地,
被肆虐地分割——
零零碎碎,
纵纵横横。
无尽的愆尤,
吞噬着自然的阡陌——
密如蛛网,
千疮百孔。

是谁,在苍天之胸,
凌厉地划过——
一声鸣,一声轰;
是谁,在半空之中,
听天籁之音——
一声唱,一声和;
是谁,在大地之上,
急切的呼唤——
一声高,一声低;
是谁,在白云之下,
无奈的叹息——
一声长,一声短……

四

从什么时候起,
人们用自己的方式,
将世界变成惨白,
好似亘古不变的极昼,
不洒一点点的疏荫。
于是,星星盲了。
无力的星光,
穿不透山寨的幕墙,
不再朦胧这个世界。

从什么时候起,
人们都睁着眼睛,
不会了睡眠。
夜,真的丢了,
人们又在焦急地寻找——
那曾经的"幽灵"。

五

与所有动物一样,
生来也一无所有,
除了人们赤裸的自身。

贾宝玉的含玉降世，
只不过是文学的虚构。

人们活在世上，
常常负累一生：
为命为欲，
为名为利。
当无奈离世时，
还不忘穿起最后的荣耀，
带走溢美的悼词。

而总有一些人，
先天下之忧而忧，
后天下之乐而乐；
鞠躬尽瘁，
死而后已；
为国为民，
无悔无怨。

也总有一些人，
挺起做人的脊梁，
举起不灭的信念。
青山处处埋忠骨，
丹心昭昭照汗青。

他们没有墓碑，
甚至没有骨灰。

其实，生与死的界限，
不是肉身的存在，
而是否留有精神。
就像一位诗人所说：
有的人活着，
他已死了；
有的人死了，
他还活着！

图书在版编目（CIP）数据

槐香故道 / 王文明著. -- 北京：中国文联出版社,2016.12
ISBN 978-7-5190-2478-9

Ⅰ.①槐… Ⅱ.①王… Ⅲ.①诗集—中国—当代Ⅳ.①I227

中国版本图书馆CIP数据核字(2016)第319242号

槐香故道

作　　者：王文明	
出 版 人：朱　庆	
终 审 人：奚耀华	复 审 人：苏　晶
责任编辑：褚雅越	责任校对：傅泉泽
封面设计：小宝书装	责任印制：陈　晨

出版发行：中国文联出版社
地　　址：北京市朝阳区农展馆南里 10 号，100125
电　　话：010-85923068（咨询）85923000（编务）85923020（邮购）
传　　真：010-85923000（总编室），010-85923020（发行部）
网　　址：http://www.clapnet.cn　　http://www.claplus.cn
E - mail：clap@clapnet.cn　　chuyy@clapnet.cn
印　　刷：中煤（北京）印务有限公司
装　　订：中煤（北京）印务有限公司
法律顾问：北京天驰君泰律师事务所徐波律师
本书如有破损、缺页、装订错误，请与本社联系调换

开　　本：710×1000	1/16
字　　数：176千字	印　张：22
版　　次：2016年12月第1版	印　次：2016年12月第1次印刷
书　　号：ISBN 978-7-5190-2478-9	
定　　价：45.00元	

版权所有　翻印必究